엔도 슈사쿠 遠藤周作
단편 선집

엔도 슈사쿠 지음 | 이평춘 옮김

어문학사

* 본 번역서는 박경리 '토지문화관'에서 강원도의 후원을 받아 번역한 작품입
 니다.

차례

▶ 일러두기

* 작품 원문에는 각주가 없지만 본서에서는 독자의 이해를 돕기 위해 설명이
  필요한 부분에 역자가 주를 새로 달았다.
* 각 단편들 중에는 문장이 반복되는 부분이 있는데, 이는 작가의 의도이므로
  그대로 번역하였음을 밝힌다.

그
림
자

이 편지를 정말 당신께 보낼지 말지 아직은 잘 모르겠습니다. 지금까지 당신에게 세 번 정도 편지를 썼습니다만, 쓰는 도중에 포기하거나 혹 끝까지 썼다 하더라도 책상 서랍에 넣어둔 채로 결국 시간이 지나가고 말았습니다.

편지를 쓸 때마다 느끼는 것은, 지금 쓰고 있는 이 편지가 당신을 향한 것인지, 아니면 나 자신을 향한 것인지, 또는 자신의 불안정한 마음을 스스로 위로하며 납득시키기 위한 것인지 여러 생각이 많았습니다. 그런 생각들 속에 결국 편지를 보내지 않았던 것도, 그래 봤자 이제는 아무 소용이 없다는 생각과 설혹 보낸다 한들 이 공허한 마음이 채워질 리 없을 것이란 생각 때문이었습니다. 하지만 지금은 조금 다릅니다. 아직 완전히라고는 말할 수 없지만, 당신이 일으킨 그 사건에 대해 조금씩 이해할 수 있을 것 같은 마음이 생기기 때문입니다.

그런데 뭐부터 얘기해야 좋을까요? 어린 시절, 이모와 엄마에게 이끌려 일본에 온 지 얼마 되지 않은 당신을 처음 만났던 그 회상부터 시작해야 할지, 아니면 어머니가 돌아가시던 날 소식을 듣고 달려간 내게 병실 문을 열어주며 "돌아가셨어."라고 말하면서 고개를 흔들던 그 이야기부터 시작하는 것이 좋을지 모르겠습니다.

사실은 어제 당신을 보았습니다. 물론 당신은 내가 거기에 있다는 것도, 당신을 엿보고 있다는 것도 몰랐을 겁니다. 테이블에 앉은 당신은 음식이 나오기를 기다리며 낡고 검은 가방에서(그 가방은 눈에 익은 것이었습니다) 책을 꺼내 읽기 시작했습니다. 그 모습은 이전에 당신이 신부였을 때, 식사 전 성무일도를 펼치던 모습을 떠오르게 했습니다. 당신을 본 장소는 시부야渋谷에 있는 작은 레스토랑이었는데, 밖에는 이슬비가 내리고 있었고, 유리창 너머 거리를 걷는 사람들의 모습이 마치 수족관의 물고기들처럼 느껴졌습니다. 그 레스토랑에서 나는 스포

츠 신문을 펼쳐 든 채 카레라이스를 먹고 있었습니다. 신
문에는 내가 좋아하는 다이요 팀의 야구 선수가 다른 팀
으로 이적한다는 기사가 1면에 톱으로 실려 있었고, 그
밑에는 친구의 연재소설이 실려 있었습니다.

그때 문득 얼굴을 들었을 때, 검은 옷을 입은 외국인
이 구석진 자리에서 등을 이쪽으로 돌린 채 앉으려 하고
있었습니다. 놀랐습니다. 6년 만에 당신을 보았기 때문
입니다. 당신과의 거리는 20m 정도였고, 우리 사이에는
네다섯 명의 회사원이 테이블에 둘러앉아 햄버그스테이
크를 먹으며 대화를 나누고 있었습니다.

"프런트 기어는 쓰기 불편해서 안 되겠어."

"아냐. 그렇지 않아."

그중 한 사람은 이마가 벗겨졌는데, 거기에는 10엔짜
리 동전 크기의 검붉은 반점이 있었습니다.

당신은 물 잔을 가지고 온 젊은 종업원에게 상냥한
미소를 띠며 음식을 주문했고, 종업원이 고개를 끄덕이
며 사라지자 무릎 위에 놓인 낡고 검은 가방에서 영어책
을 꺼내 읽기 시작했습니다. 영어인지는 모르겠지만, 가
로쓰기로 된 책이었습니다.

나는 '늙었네.'라고 생각했습니다. '많이 늙었어.'

이렇게 말하면 선교사였던 당신에게 실례가 될지 모르지만, 당신은 젊었을 때 상당한 미남이었습니다. 처음 고베神戸 병원에서 당신을 만났을 때, 어린 나이에도 조각처럼 뚜렷한 당신의 얼굴과 포도 빛깔의 맑은 눈을 보고 참 잘 생겼다고 생각했던 기억이 납니다. 그런데 레스토랑에서 본 당신의 모습은 늙고 초췌했으며 갈색 머리카락도 많이 빠져 있었고(하긴 내 머리카락도 상당히 빠졌지만) 눈 밑은 셀룰로이드 조각이라도 붙인 듯 붉게 부풀어 올라 있었습니다. 나는 그 얼굴에서 그 사건 이후 당신이 겪었을 고독을 느껴보려 했습니다. 더구나 당신 주변에서 힘이 되어주던 많은 사람과 당신이 갖고 있던 모든 것을 잃고, 이국땅에서 처자식을 거느리며 생계를 책임져야 했을 당신의 고통을 느껴보려 했습니다.

한편으로는 당신에게 다가가 "오랜만입니다." 하고 인사를 건네고 싶은 마음도 있었지만, 그대로 의자에 앉은 채 흥신소 직원처럼 신문으로 얼굴을 가리며 당신을 관찰했습니다. 솔직히 말하면, 호기심과 소설가로서의 흥미도 있었습니다. 그러나 그것만이 아니라, 내 마음 안

엔도 슈사쿠 단편 선집

에선 그렇게 하지 못하게 하는 어떤 큰 힘이 있었고, 그것이 결국 당신에게 다가서지 못하게 한 것입니다. 지금부터 그렇게 하지 못하게 한, 그 큰 힘에 관해서 편지에 쓰고자 합니다. 어쨌든 나는 당신을 가만히 지켜보고 있었습니다. 이윽고 종업원이 음식을 가지고 오자 당신은 아까처럼 미소로 답례를 하고 냅킨 대신에 손수건을 가슴에 걸쳤습니다. 그러고는 의자를 바싹 끌어당겨 자세를 바르게 한 후 손을 가슴까지 끌어올려 아무도 알아보지 못할 만큼 재빠르게 십자성호를 그었습니다. 나는 그때 이루 말할 수 없는 감동을 받았습니다.

'그랬구나!'

'역시 그런 거였구나!'

나로 하여금 당신 테이블로 다가서지 못하게 가로막은 힘, 그것을 말로 표현한다는 것은 쉬운 일이 아닙니다. 바꿔 말하면 그것은 내 삶을 형성해 온 중요한 흐름 중 하나이기 때문입니다. 소설가인 나는 지금까지 그것을 소재로 여러 소설을 써 왔습니다. 나의 작업은 내면세계에 깊이 가라앉아 있는 것들을 하나하나 주워 올려 그것들을 다듬고 재조립하는 것으로, 그중에는 아직 주워 올리지 못한 중요한 것이 있습니다. 그것은 당신이 본 적 없는 나의 아버지, 당신이 오랫동안 여러모로 보살펴 주었던 나의 어머니, 그리고 당신에 대한 이야기인데, 아직 소설에 쓰지 못하고 있습니다. 아니, 거짓말입니다. 나는 소설가가 되고 나서 당신의 이야기를 세 차례나 썼는데, 그때마다 다른 사람들이 눈치 채지 못하게 변형시켜 썼습니다. 당신은 그 사건 이후 오랫동안 내 작품 속의 중요한 인물이었습니다. 그런데도 불구하고 당신을 소재로 한 소설은 거의 실패했습니다. 이유는 내가 아직 당신을 정확히 파악하고 있지 못했기 때문입니다. 하지만 당신을 소재로 한 작품이 계속 실패했음에도 불구하고 당신의 존재를 내 마음속에서 떨칠 수 없었습니다. 차라리 떨칠 수 있었다면 얼마나 편했을까요. 그렇지만 어떻게 내게서 어머니와 당신을 지워버릴 수 있겠습니까?

이따금 내 삶을 되돌아볼 때, 세례를 받게 된 한신阪神* 지방의 작은 교회가 생각납니다. 지금도 그대로 남아 있는 아주 작은 가톨릭 교회, 고딕을 본딴 첨탑과 금

---

* 역주 – 한신(阪神)은 일본의 오사카(大阪)와 고베(神戸)를 중심으로 하는 지역을 말한다.

엔도 슈사쿠 단편 선집

빛 십자가, 그리고 협죽도 나무가 있는 정원. 그것은 당신도 잘 알고 있듯이, 과격한 성격인 나의 어머니가 만주 다롄大連에서 아버지와 헤어진 후, 나를 데리고 귀국하여 이모에게 의지하며 한신에서 살던 때의 일입니다. 독실한 신자였던 이모의 권고로 어머니는 외로움을 신앙으로 달래기 시작했습니다. 그런 상황에서 나도 이모와 어머니의 손에 이끌려 그 교회에 나가게 되었던 것입니다. 프랑스 신부가 그 교회에 부임해 있었는데, 전쟁이 극심해진 어느 날, 피레네 출신인 그 신부는 첩자 혐의로 헌병에게 끌려갔습니다. 하지만 그것은 훨씬 나중의 일입니다. 당시 중국에서는 전쟁이 시작되고 있었지만, 일본 가톨릭 교회로서는 그다지 힘든 때가 아니었습니다. 크리스마스가 되면 심야에 성탄의 기쁨을 알리는 종을 칠 수 있었고, 부활절에는 문에 꽃을 장식했으며, 하얀 미사포를 써 서양 아이처럼 보이는 여자아이들을 동네 개구쟁이들이 부러운 눈으로 바라볼 때 우리는 의기양양했습니다. 그 부활절에 프랑스 신부가 열 명의 아이들을 일렬로 세워놓고, 한 명 한 명에게 물었습니다.

"당신은 그리스도를 믿습니까?"

그러자 각각 앵무새처럼 답했습니다.

"네, 믿습니다."

나도 다른 아이들처럼 큰소리로 외쳤습니다.

"네, 믿습니다."

여름방학, 교회에서는 신학생이 아이들에게 종이 연극을 자주 보여주었고, 롯코산六甲山에도 데리고 가 주었습니다. 그 신학생이 집으로 돌아가자 우리는 정원에서 공 던져 맞추기를 하곤 했습니다. 공이 빗나가 창유리를 깨면, 프랑스 신부가 붉어진 얼굴을 창으로 내밀고 호통을 쳤습니다. 아버지와 헤어진 어머니는 그 당시 어두운 표정으로 이모와 뭔가를 의논하고 있었고, 그다지 행복한 나날이었다고는 할 수 없었지만 그래도 다롄에 있었을 때와 비교하면 부모의 다툼으로 괴로워할 필요도 없었고, 그럭저럭 안정된 생활이었다고 생각합니다.

그 교회에 이따금 외국인 노인 한 사람이 찾아왔습니다. 신자들이 모이지 않는 시간을 택해 살며시 사제관으로 들어가는 그를, 나는 야구를 하면서 보았기 때문에 알고 있었습니다.

"저 사람, 누구야?"

이모와 어머니에게 물어보았지만 왠지 시선을 피하며 아무 말도 하지 않았습니다. 그러던 어느 날, 발을 질질 끌며 걷는 이 노인에 대한 이야기를 친구에게서 들었습니다.

"저 사람, 쫓겨났대."

신자들은 일본 여자와 결혼해 교회에서 추방당한 그의 이야기를 꺼렸고, 마치 그의 이름을 입에 올리기만 해도 자신의 믿음이 더럽혀지기라도 하듯 입을 다물어버리는 것이었습니다. 피레네 출신의 신부만이 몰래 그를 만나주었습니다. 나는 그 노인이 무서웠지만, 한편으로는 호기심과 쾌감이 뒤섞인 감정으로 몰래 살펴보고 있었습니다. 어린 시절을 다롄에서 보낸 나는 고국에서 쫓겨나 그 식민지 거리에 사는 러시아 노인 몇몇을 본 적이 있는데, 그들 가운데 빵을 팔던 노인의 얼굴이, 이 늙은 외국인의 얼굴과 겹쳐졌습니다. 두 사람 모두 낡았다기 보다는 거의 떨어진 외투를 입고 있었고, 목에는 손으로 짠 털목도리를 두르고 있었습니다. 게다가 류머티즘을 앓는 다리를 질질 끌며 걷는 모습이나, 때때로 더러워진 손수건으로 코를 푸는 것까지 똑같았습니다. 지금 생각해보면 외모만이 아니라, 그들이 지니고 있던 고독의 그림자에는 지금까지 자신들의 뿌리로부터 쫓겨났다는 공통점이 있었습니다.

여름방학의 어느 날, 해 질 녘이었는데 나는 야구라도 할 생각으로 교회로 향했습니다. 저녁 햇볕이 강하게 내리쬐는 교회 문 앞에서 나는 갑자기 이 노인과 마주쳤습니다. 나로서는 그가 거기서 나오리라고는 생각도 못 했습니다. 놀라 멈춘 채 긴장하고 있는 나에게 그 노인은 뭐라고 말을 건넸는데 알아들을 수 없었습니다. 단지 기분이 나빴고 두려웠습니다. 나는 고개를 돌리고 서둘러 교회로 가는 계단을 뛰어 올라가려 했습니다. 그런데 그의 커다란 손이 내 어깨를 잡았습니다. '걱정하지 않아도 돼.'라든가 '무서워할 거 없어.'라는 뜻의 서투른 일본말로 노인은 띄엄띄엄 이야기했습니다. 그의 입 냄새는 고약했습니다. 나는 필사적으로 도망쳤습니다. 그때 기억할 수 있었던 것은 슬픈 듯 나를 바라보았던 그의 포돗빛의 눈이었습니다. 집으로 돌아와 어머니에게 자초지종을 이야기했지만 어머니는 아무 말도 하지 않았습니다. 그리고 2, 3일이 지나자 나도 그 일을 잊어버렸습니다.

묘하게도 그 일이 있고 한 달쯤 지났을 때, 당신이 내 인생에 모습을 드러냈던 것입니다. 지금 나에게는 그 우연이 마치 내 인생의 흐름에서 커다란 의미처럼 생각되어 견디기 힘듭니다. 1년 전 어떤 장편소설을 쓰면서 때때로 나는 당신과 만나게 된 그 우연을 생각했습니다. 그 소설 속에서 나는 지치고 초췌한 그리스도의 얼굴, 사람들의 발에 밟혀 닳아 움푹 파인 후미에踏絵*의 그리스도 얼굴과, 서양 종교화에 나오는 평온하고 청아한 그리고 정열에 찬 그리스도의 얼굴을 주인공들에게 대비시켰습니다. 그때 이미지로 떠올랐던 것은 처음 만났을 때의 당신의 얼굴과 추방당한 그 노인의 얼굴이었습니다.

그해 가을 내가 맹장염에 걸려 나다灘에 있는 성애병원에 입원해 있을 때, 수술 후 실을 뽑고 이모와 어머니가 죽을 먹여주고 있던 병실로 갑자기 당신이 나타났습니다. 이모와 어머니는 놀라 일어섰습니다. 이를테면, 신

---

* 역주 – 후미에(踏絵): 에도시대(1603~1868) 가톨릭 신자들의 배교를 강요하던 시절, 에도 막부가 그리스도의 성화나 성모자 성화를 밟게 하여 신자인지 아닌지를 가려냈으며, 성화를 밟은 자들은 배교로 목숨을 건질 수 있었고 밟지 않은 자들은 순교하였다. 후미에는 배교를 강요하며 신자인지 아닌지를 가리는 도구로 사용되었다.

부님이 찾아오셔서 놀랐던 것은 아닙니다. 그때까지 우리가 보아온 신부는 대부분이 말라빠진 체격에 도수 높은 안경을 낀 그런 사람들이었습니다. 특히 일본인 신부의 경우, 일본인인지 혼혈인지 알 수 없는 그런 모습들이었습니다. 그런데 그때 문을 열고 들어선 당신은 아주 달랐습니다. 새하얀 로만칼라Roman Collar에 잘 손질된 검은 옷차림의 건장한 체구, 혈색 좋은 얼굴에 신사적인 미소까지 띤 당신의 모습은 우리 세 사람을 당황하게 하기에 충분했습니다. 당신은 정중하게 이모와 어머니에게 인사를 하고는 젓가락과 죽 그릇을 손에 든 채 잔뜩 긴장하고 있는 나를 내려다보며 말을 건넸습니다. 당신의 일본어는 유창했습니다. 나는 이마에 땀을 흘리면서 대답했습니다.

"예. 이제 괜찮습니다."

"아니요. 외롭지 않아요."

그리고 당신이 나간 후에 내가 "야, 굉장한데."라고 소리치자 어머니도 깊은 한숨을 내쉬었습니다.

"아깝네. 저런 사람이 결혼도 하지 않고 신부가 되다니."

그러자 이모가 어머니에게 화를 냈습니다.

한편, 어머니는 당신에게 상당히 흥미를 느낀 듯, 병실에 오면 반드시 당신이 다녀갔는지를 내게 물었습니다.

"시끄러워. 몰라."

나는 왠지 불쾌하게 느껴져 일부러 상스러운 말투로 대꾸했습니다. 한편 여자의 호기심 때문인지 어머니는 당신이 스페인에서 사관학교 출신의 군인이었다는 사실과 나중에 군인의 길을 포기하고 사제의 길을 택해 신학교에 들어갔다는 사실, 그리고 일본에 와서는 가고가와加古川 수도원에서 1년이나 있었다는 사실 등을 누군가에게 듣고 와서 이야기했습니다.

"그 사람, 보통 신부하고는 달라. 학자 가문 출신이야. 그런 훌륭한 아들을 둔 어머니는 얼마나 행복할까?"

어머니는 나를 격려하기 위해 그렇게 말했지만, 나는 어린 마음에도 그것이 아들에게 타이를 말은 아니라는 것을 느꼈습니다. 퇴원하고 나서도 어머니는 나를 데리고 이따금 병원을 찾아갔습니다. 그녀는 자신의 눈앞에 갑자기 나타난 당신이 세례를 받았지만 해소되지 않은 영적 욕구를 채워주리라고 생각했을 것입니다. 소심하고 안정 지상주의적인 성격의 아버지는 이런 어머니의 생활 태도를 견딜 수 없었을 것입니다. 이모의 권유로 외로움을 달래기 위해 다니기 시작한 그리스도교가 지금은 어머니에게 중요한 부분이 되어버렸습니다. 그녀는 한신에 있는 몇몇 학교에서 음악을 가르치는 한편, 차츰 당신이 빌려준 책을 탐독하기 시작했습니다. 그리고 그즈음부터 그녀의 생활은 180도 변하여 마치 수도자처럼 엄격한 기도 생활을 했고, 내게도 그렇게 하도록 강요했습니다. 매일 아침 나를 데리고 미사에 가고 틈만 나면 로사리오 기도를 했습니다. 그녀는 나를 당신처럼 신부로 만들려고 생각하기 시작한 듯했습니다. 여기서는 당신과 어머니 사이에 어떤 정신적인 교류가 있었는지에 대해서는 언급하지 않겠습니다. 그런 가운데 2년 후, 당신은 이모와 어머니의 지도신부로서 우리 집에 토요일마다 방문하게 되었습니다. 이모의 친구나 교회 신자들도 모였습니다. 이제 와서 고백하지만, 나로서는 당신이 오는 날이 상당히 곤혹스러웠습니다.

"신부님이 오시니 깨끗이 해라."

　　　　　　　　　　　엔도 슈사쿠 단편 선집

그날이 되면, 어머니는 평상시보다 더 엄격하게 손을 씻게 하고, 이발하도록 했습니다. 그러나 정작 힘들었던 것은 어른들 사이에 끼어 당신의 이야기를 듣는 것이었는데, 들어도 무슨 말인지 알 수 없었습니다. 게다가 긴장한 탓인지, 아니면 체질이 약해서인지(어릴 때부터 몸이 약했다는 것은 당신도 잘 알고 있을 겁니다) 졸음이 몰려오는데 정말로 참기 힘들었지만, 어머니 옆이라 졸 수도 없었습니다. 그때는 구약성서도, 신약성서도, 그리스도나 모세의 이야기도 귀에 들어오지 않고, 오직 지루함을 이겨내려고, 졸지 않으려고, 무릎을 꼬집거나 다른 일을 떠올리며 안간힘을 써야 했으며, 어머니가 무서운 눈으로 노려봤기 때문에 한 시간을 간신히 버틸 수가 있었습니다.

여름 새벽은 그렇다 하더라도, 겨울 새벽에도 내가 교회에 가는 것을 게을리하면 어머니는 용서하지 않았습니다. 아직 어두운 새벽 다섯 시 반, 남들은 잠자리에 있을 시각에 기도하면서 묵묵히 걷고 있는 그녀의 뒤에서 나는 손을 호호 불며 서리가 내려 얼어붙은 길을 걸어 교회에 다니곤 했습니다. 프랑스 신부가 제단의 희미한 등불 옆에서 양손을 모으기도 하고, 몸을 구부리기도 하며 미사경문을 외우는 그림자가 벽에 비치는 차가운 교회 안에 무릎을 꿇고 있는 사람은 노인 두 명과 우리 모자뿐이었습니다. 내가 기도하는 척하며 졸고 있기라도 하면 어머니는 무서운 얼굴로 노려보았습니다.

"그러고도 신부님처럼 될 수 있다고 생각하니?"

신부님이란 당신을 두고 하는 말이었습니다. 그녀에게 있어 당신은 이상적인 아들의 모습이었으며, 꼭 아들이 이루어야 할 미래의 모습이었던 것입니다. 하지만 나는 그런 당신에게 반발심을 느꼈고, 당신의 깨끗한 복장과 말끔한 용모나 손가락이 싫어졌습니다. 당신의 자신만만한 미소와 학식과 신앙이 싫어졌습니다. 기억하고 있습니까? 그때부터 나의 학교 성적이 점점 떨어지기 시작했다는 사실을. 그 당시 나는 중학교 2학년이었는데, 의도적으로 열등생 노릇을 하려고 했습니다. 왜냐하면, 열등생은 바로 당신과 정반대의 인간이었기 때문입니다. 아들인 나를 신앙이나 삶의 방식까지도, 뚜렷한 신념과 자신감을 갖고 살아가는 당신과 같은 인물로 키우고 싶어 한 어머니에 대한 반항심에서 나는 일부러 공부를 게

엔도 슈사쿠 단편 선집

을리했고, 열등생이 되려고 애썼습니다. 물론 어머니가 보는 데서는 공부하는 척하면서 실제로는 아무것도 하지 않았던 것입니다.

그즈음 나는 개를 한 마리 키우고 있었습니다. 근처 장어 가게에서 얻어 온 잡종견이었습니다. 형제도 없고, 부모의 별거로 인한 슬픔을 나눌 친구조차 없었던 나는 이 순한 개를 상당히 귀여워했습니다. 지금도 내 소설에는 이따금 개나 새가 등장하는데, 그것은 단순한 장식이 아닙니다. 그때의 나에게는 다른 사람한테 털어놓을 수 없는 고독을 나눌 수 있는 유일한 대상이 바로 이 개였습니다. 지금도 슬픈 표정을 한, 눈물 고인 개의 눈을 보고 있으면 나는 왠지 그리스도의 눈이 생각납니다. 물론 그 그리스도는 모든 것에 자신감을 지니고 있던 이전의 당신과 같은 그리스도가 아니라, 사람들에게 짓밟히며 그 발 아래에서 묵묵히 인간을 바라보는 지친 후미에踏絵의 그리스도입니다.

앞서 얘기했듯이, 성적이 떨어지자 어머니는 화를 내기 시작했습니다. 어머니는 당신에게 이 일을 상담한 듯합니다. 당신은 어머니에게 걱정을 끼치지 않도록 해야 한다며, 약간 엄한 표정으로 내게 충고했습니다. 그러나 나는 '무슨 소리야! 서양인 주제에.'라고 마음속으로 중얼거렸습니다. 그리고 당신이 충고했다는 이유만으로 더욱 공부를 게을리했습니다. 당신은 '서양의 가정에서는 어린아이에게도 벌을 주고 있다. 노력을 게을리 한 아이는 그에 준한 벌을 받아야 한다'고 이모와 어머니에게 이야기한 듯했습니다. 그리고 3학기에도 여전히 나쁜 성적이 나오자 벌을 주기 위해 개를 없애버리라고 어머니에게 이야기했습니다.

그때의 고통은 지금도 확실히 기억하고 있습니다. 나는 물론 개를 갖다 버리라는 어머니의 지시를 따르지 않았습니다. 그런데 어느 날, 학교에서 돌아와 보니 개가 없었습니다. 어머니가 이웃사람에게 부탁해 개를 어딘가로 보내버렸던 것입니다. 이 일은 당신도 기억하고 있을 것입니다. 당신은 내가 공부에 집중하지 못하는 이유가 개 때문이라고 생각했겠지요. 개를 버린 것은 내가 잘되라는 마음에서 그런 거니까, 지금의 나로서는 원망하지는 않습니다. 하지만 그런 사소한 지난 이야기를 여기서 꺼내는 이유 중 하나는, 그것이 바로 당신다운 행동이었다고 생각하기 때문입니다. 약함, 나태함, 야물지 못함, 그런 것을 당신은 자신에게도 남에게도 용납하지 못했습니다. 아마도 그것은 당신의 가정이 그러했기 때문이거나, 아니면 군대 교육의 영향인지도 모릅니다.

'인간은 강해지지 않으면 안 된다. 노력하지 않으면 안 된다. 일상생활에서도 신앙생활에서도 자신을 단련시키지 않으면 안 된다'는 말을 하지는 않았지만, 당신은 그런 모습을 실생활에서 보여주고 있었습니다. 당신이 얼마나 전교 활동에 몰두했었는지, 신학 연구에 열심이었는지는 누구나 잘 알고 있습니다. 비난의 여지가 조금도 없었습니다. 누구나 당신을 (어머니처럼) 훌륭한 분이라고 존경했습니다. 다만, 나 혼자만이 어린 마음에 비난의 여지가 없는 당신 때문에 괴로워하고 있었습니다.

나에게는 불행한 일이지만, 그즈음 당신은 새로운 일을 맡게 되었습니다. 신자 학생들을 위한 기숙사가 미카게御影 언덕에 세워졌는데, 성애병원의 전임신부였던 당신이 그 기숙사의 지도신부로 발령받은 것입니다.

"이런 일은 별로 맞지 않지만,"

평소처럼 성서 강의를 들으러 모인 사람들에게 당신

은 곤란한 듯한 표정을 지으며 말했습니다.

"그러나 윗분의 지시이기에 받아들여야겠지요."

그러면서도 당신은 그 일에 흥미를 느끼는 것 같았습니다. 그날 돌아오는 길에 어머니는 나에게 그 기숙사에 들어갈 생각이 없는지 갑자기 물었습니다. 어머니로서는 적어도 내가 당신 곁에서 생활하면 떨어진 성적도 오르고, 신앙적으로도 향상되지 않을까 하고 생각했던 것입니다. 나는 몇 번이고 싫다고 했으나 (당신도 우리 어머니의 성격을 잘 알고 있겠지만) 그 해 다시 좋지 않은 성적표를 받자, 어머니는 당신이 사감으로 부임한 지 6개월이 되었을 때 나를 그 기숙사로 보내버렸습니다.

엄격한 기숙사 생활이었습니다. 아마 그 당시 당신이 모델로 했던 것은 서양의 신학교 기숙사나 사관학교 기숙사였을 것입니다. 변명하는 것은 아니지만 나도 그때 노력을 했었습니다. 그러나 하는 모든 일이 뜻대로 되지 않았습니다. 당신은 '잘 돼라'고 생각해서 한 일이겠지만, 나로서는 그렇게 생각할 수 없었습니다. 내가 악의 없이 한 일도 당신에게는 잘못으로 보였습니다. 당신은 나를 '어머니를 위해서' 혹독하게 대했고, 새로운 자

엔도 슈사쿠 단편 선집

세를 갖게 하려고 했습니다. 하지만 그러한 시도가 결국은 나를 무너지게 한다는 사실을 알아채지 못했습니다. 그때 일어난 여러 가지 사건을 하나하나 쓰자면 한이 없습니다. 이런 일이 있었다는 것을 기억합니까? 기숙사생들은(대부분이 전문학교 이상의 학생으로, 중학생은 나와 N이라는 아이뿐이었습니다) 아침 여섯 시에 일어나 미사에 참여한 후, 식사 전까지 뒷산을 달려 올라가는 것이 하나의 일과였는데, 나는 그것이 견딜 수 없이 힘들었습니다. 군대 생활로 단련된 당신이나 대학생들에게는 별로 대단한 일은 아니었겠지요. 그러나 어릴 때부터 기관지가 약한 나에게는 금방 숨을 헐떡이게 되고 눈이 아찔해지는 일이었습니다. 달린 후에는 진땀이 나고, 식욕도 없어지며, 때로는 가벼운 빈혈 증세까지 일으킨 적도 있었습니다. 그래서 나는 산길 달리기를 교묘하게 피하고자 했는데, 당신에게 들켜버리고 말았습니다. 당신은 같은 중학생인 N도 하는 일을 내가 못할 리가 없다고 말했습니다. 몸이 튼튼한 당신은 몸이 약한 나를 이해하지 못했습니다.

"몸을 튼튼히 하기 위해 달리기를 하는 거야. 너는 그런 노력을 하지 않고 있어."

나는 당신에게 단체 훈련을 싫어하는, 그래서 엄살 부리는 소년으로 보였던 것입니다.

그리고 모두 학교에서 돌아와 저녁 식사를 마친 후에는 당신의 훈화를 들었는데, 나는 이따금 졸았습니다. 그리고 성당에서 저녁 기도를 할 때도 졸았습니다. 원래 허약한 체질로, 낮 동안의 수업과 군사 훈련으로 상당히 지친 데다가 알아듣기 힘든 신학 이야기이니 귀에 들어올 리가 없었습니다.

그러던 어느 날, 모두 당신의 신학 강의에 귀를 기울이고 있을 때, 예전처럼 나는 졸기 시작했습니다. 내 자리는 제일 구석이었는데 아마 코를 골고 있었나 봅니다. 당신은 내가 조는 것을 알고는 이야기를 중단했습니다. 옆에 있던 N이 내 옆구리를 찌르는 바람에 나는 깜짝 놀라 눈을 떴습니다. 부끄럽게도 침이 흘러 겉옷이 젖어 있었습니다. 모두 웃기 시작했는데 당신의 엄한 표정을 보고는 조용해졌습니다. 갑자기 당신은 한 손을 치켜들고 소리쳤습니다.

"나가!"

학생들은 당신이 그렇게 얼굴을 붉히며 화내는 모습

엔도 슈사쿠 단편 선집

을 처음 봤을 겁니다. 나도 평소 이모나 어머니, 그리고 다른 신자들에게 신사적인 미소를 보이던 당신이 그렇게 험상궂은 얼굴로 화를 내는 것은 처음 보았습니다. 후에 당신은 어머니에게, 졸았기 때문이 아니라 몸이 약하다는 구실로 기숙사 생활을 엉망으로 하고 있기 때문에 화를 낸 것이라고, 그때의 일을 설명했습니다. 분명 그렇겠지요. 내가 기숙사 일과를 매사 지키지 않았다는 것은 스스로 인정합니다. 당신이 이야기한 대로 노력하지 않았다는 것도 인정합니다. 그러나 내가 체질적으로 당신이 원하는 생활에 적응할 수 없었던 것도 사실입니다. 지금에 와서 그때의 나 자신을 변명하려는 것은 아닙니다. 단지 당신의 선의나 의지가, 강자에게는 효과가 있겠지만, 약자에게는 때로 가혹한 것이고 결실을 맺기보다는 상처를 입힐 뿐이라고 말하고 싶은 겁니다.

결국, 10개월도 안 되어 나는 기숙사를 나와 어머니 집으로 돌아왔습니다. 그래도 어머니는 모성애로 칠칠치 못한 아들에게서 뭔가 장점을 찾아보려고 열심이었지만, 당신은 그때부터 실망과 경멸을 느꼈던 것 같습니다. 나를 대하는 당신의 태도는 옛날과 다른 데가 없었지만 말을 걸어오는 일은 점차 줄어들었습니다. 이렇게 해서 어머니가 내게 가졌던 꿈, 당신과 같은 신부로 만들고자 한 꿈은 깨져 버렸습니다.

지금까지 쓴 부분을 다시 읽어보니 당신이 오해하지 않을까 걱정됩니다. 나는 결코 당신이 우리 모자에게 보여준 온정을 잊고 있는 게 아닙니다. 오히려 당신이 계셨기 때문에 어머니가 이혼 후 외골수적인 생각에서 벗어날 수 있었고, 그리스도교에 입문하여 돌아가실 때까지 마음을 의지할 수 있었다고 생각합니다. 그리고 그녀가 세상을 떠날 때까지 여러 가지로 도와주신 것에 대해 감사의 마음을 잊지 않고 있습니다.

단지, 내가 이야기하고 싶은 것은 다른 것입니다. 인간에게 강자와 약자가 있다고 한다면, 그때의 당신은 정말 강한 사람이었습니다. 그에 비해 나는 약하고 무기력했습니다. 당신은 자신의 생활 방식, 신앙, 신체, 모든 것에 자신감이 있었고, 확고한 신념으로 선교를 했습니다. 그런 당신에 비해 나는 오늘에 이르기까지 한 번도 나 자신에 대해 자신감이나 신념을 가져보지 못했습니다. 이런 이야기를 지금의 당신이라면 잘 이해해 줄 거라

엔도 슈사쿠 단편 선집

고 생각합니다. 하지만 이전의 당신이라면 단호하게 외면하겠지요. 고개를 저으며 인간이란 죽을 때까지 더 높은 이상을 향해 노력하는 존재라고 확신에 차서 말하겠지요. 그러나 그러한 강인함 속에도 예기치 못한 덫과 함정이 감추어져 있다는 사실을, 거기서 비로소 참다운 종교가 시작된다는 사실을, 당신은 그로부터 15년 후에 알게 된 것은 아닐까요?

어머니가 돌아가신 것은, 그러한 내가 중학교를 졸업하고 아무 데도 진학하지 못한 채 2년 동안 재수를 하고 있을 때였습니다. 그즈음에는 그렇게도 대단한 어머니도 시험에서 떨어지기만 하는 나를 야단치시는 데 지쳐 깊은 한숨만 내쉬게 되었습니다. 그 당시 어머니의 얼굴을 떠올리면 지금도 마음이 아픕니다. 그때부터 어머니는 쉽게 지쳤고, 때때로 현기증이 난다고 말하곤 했습니다. 어느 날, 그런 어머니를 병원에 데리고 갔을 때 혈압이 꽤 높다는 진단이 나왔지만, 그녀는 일을 그만두지 않았고, 매일 아침 미사도 빠뜨리지 않았습니다.

어머니가 돌아가신 시각, 나는 친구와 영화를 보러 가서 집에 없었습니다. 그 당시 나는 재수 학원에 간다고 말하고 나와서는 하루의 대부분을 친구와 산노미야三宮에 있는 찻집이나 영화관에서 소일消日했습니다. 12월 말이었습니다. 영화관을 나왔을 때, 해는 완전히 저물어 있었습니다. 모의시험이 있어 늦었다는 핑계를 대려고 어머니에게 전화를 걸었는데, 전화를 받은 것은 뜻밖에도 당신이었습니다. 어머니가 길에서 쓰러졌다는 연락을 받은 당신이 달려갔고, 모두 나를 찾아 여기저기 수소문하고 있었다는 사실을 그때 처음으로 알았습니다.

"어디에 있는 거냐?"

당신의 목소리에 나는 전화를 끊었습니다. 집으로 향하는 한큐阪急 전차는 마냥 느리게만 느껴졌습니다. 역에 내려 정신없이 달렸습니다. 벨을 누르자 당신이 현관문을 열었습니다.

"벌써 돌아가셨어."

어머니는 미간에 괴로운 빛을 띠고 침대 위에 눕혀져 있었습니다. 이모와 교회 신자가 그 주위에 모여 있었고, 그들의 따가운 눈총을 받으며 나는 어머니의 밀랍과 같은 얼굴을 바라보았습니다. 이상하게도 의식은 맑았고, 고통도 슬픔도 느끼지 못했습니다. 나는 멍하니 있었습

　　　　　　　　　엔도 슈사쿠 단편 선집

니다. 당신도 아무 말이 없었습니다. 다른 사람들만 울고 있었습니다.

장례식이 끝나 사람들이 돌아가고, 썰렁해진 집에는 이모와 당신과 나, 세 사람만 남았습니다. 앞으로의 나의 거취를 결정해야 했습니다. 그때의 당신은 나보다도 더 멍한 모습이었습니다. 마치 이제까지 지니고 있던 그 무엇을 잃어버린 듯한 모습이었습니다. 이윽고 이모가 내게 어떻게 할 것인지 물어왔고, 나는 다른 사람들에게 폐를 끼치고 싶지 않다고 답했습니다. 이모는 그때 어머니와 헤어진 아버지 이야기를 꺼냈습니다. 당신은 망연자실한 표정으로 자신의 의견을 말했습니다.

"모든 것은 네 의지에 달렸다."

그리고 당신이 나의 아버지에게 내 사정을 이야기하기로 결정했습니다.

어머니 집 처분 문제는 당신과 이모에게 맡기고, 나는 도쿄東京에 있는 아버지 집으로 돌아갔습니다.

"평범한 게 제일 큰 행복이야. 파란이 없는 게 제일 큰 행복이야."

아버지는 뼈 있는 말을 되풀이했습니다. 아버지는 회사를 경영하고 있었는데, 쉬는 날이면 분재를 다듬거나, 정원의 잔디를 손질하거나, 라디오의 야구 중계를 들으면서 소일했습니다. 나의 장래에 대해서도, 안전한 샐러리맨 생활을 권했습니다. 이러한 생활은 어머니와 단둘이 지낸 엄격한 생활과는 전혀 달랐습니다. 어머니와 살 때는 추운 겨울 아침에도 서리 내려 얼어붙은 길을 걸어 교회에 가야 했습니다. 노인 두 사람이 무릎 꿇고 있는 교회 안에는 프랑스 신부가 십자가를 마주한 채 미사를 올리고 있었고, 그 십자가에서는 그리스도가 피를 흘리고 있었습니다. 하지만 도쿄에서의 생활은 인생이나 종교에 대해서는 단 한 마디도 없고, 옆집의 라디오 소리가 시끄럽다든가 배급되는 쌀이 적어졌다는 것이 화제일 뿐이었습니다. 어머니와 함께 살 때는 이 세상에서 성스러운 것이 제일 높고 훌륭한 것이라는 이야기를 자주 들었습니다. 하지만 도쿄에 와서는 그런 말을 꺼내기만 해도 등을 돌리고, 바보 취급하는 분위기였습니다. 물질적으로는 어머니와 살 때보다 훨씬 풍요로웠지만, 그런 생활이 나로서는 어머니를 배반하는 것처럼 느껴졌습니다.

엔도 슈사쿠 단편 선집

고통스러웠지만, 매일같이 어머니와의 생활을 떠올렸습니다. 그런 내게 조금이라도 양심의 가책을 덜어주는 것은 당신에게 편지를 쓰는 것이었습니다. 왜냐하면, 당신은 어머니가 죽을 때까지 가장 존경한 분이었고, 당신에게 편지를 씀으로 해서 어머니를 배반하고 있다는 자책감에서 잠시라도 벗어날 수 있다고 생각했기 때문입니다. 당신은 때때로 짧은 답장을 보내주었습니다. 아버지는 당신의 글씨가 쓰인 봉투를 보자 싫은 기색을 나타냈습니다. 아들인 나의 머릿속에 아직도 어머니의 기억이, 어머니의 영향이 남아 있는 것이, 그리고 어머니와 알던 사람과 친하게 지내는 것이 불쾌했겠지요.

"쓸데없이 신부 나부랭이하고 가깝게 지내선 안 돼."

그는 언짢은 듯이 중얼거렸습니다. 그리고 그 다음 해 내가 겨우 어떤 사립대학에 들어갔을 때, 당신은 도쿄의 신학교로 부임하게 됐다고 알려왔습니다.

벌써 한밤중입니다. 아내도 아이도 이미 잠든 시간 혼자 이 편지를 쓰기 위해 지난 일을 하나하나 떠올리고 있습니다. 지금까지 쓴 것을 다시 읽어보니 쓰지 못했던 일들이 왜 이리도 많은지요. 당신에 대해서, 그리고 어머

니에 대해서 쓰는 것이 이토록 어려운 것인가,라는 생각
이 새삼스레 듭니다. 그것을 전부 쓰려면 그것으로 인해
사람들이 상처받지 않을 때까지 기다려야 합니다. 아니,
그보다는 나 자신에게 일어난 이제까지의 모든 일을 이
야기하지 않으면 안 됩니다. 그만큼 당신과 어머니는 내
인생에서 떼어놓을 수 없을 만큼 깊이 뿌리를 내리고 있
습니다. 언젠가는 내 소설을 통해 당신과 어머니가 내게
남겨준 흔적을, 그 본질적인 것을 이야기할 수 있을 것입
니다.

   이야기를 이어가기 위해 앞의 이야기로 돌아가겠습
니다. 당신이 도쿄에 온 후, 나는 당신을 만나러 갔습니
다. 당신은 변하지 않았습니다. 다른 신부나 신학생처럼
얼굴 혈색도 나쁘지 않았습니다. 반짝반짝 빛나는 구두,
솔질이 잘 된 검은 옷, 그리고 확신에 찬 말투, 모두가
그대로였습니다. 당신은 내가 재수 생활을 면한 것을 기
뻐했습니다.

   "그리스도는 믿고 있나? 미사에는 빠지지 않고?"

   내가 묵묵히 있자, 당신은 불쾌한 표정을 지었습
니다.

엔도 슈사쿠 단편 선집

"시간이 없지는 않을 텐데. 아니면, 그전처럼 몸이 약한 탓이라고 할 건가?"

이때 당신의 표정은 그 옛날 내가 기숙사에서 쫓겨났을 때처럼 실망과 경멸의 빛을 띠고 있었습니다.

당신의 그 말은 내게 소년 시절에 느꼈던 반발심을 불러일으켰습니다. 그 후, 당신이 신학교에서의 새로운 업무로 바빠졌다는 이유도 있었지만 점차 우리 두 사람이 만나는 일은 뜸해졌습니다. 하지만 내 마음속에서 당신의 존재가 지워진 것은 아닙니다. 아버지와 생활하는 가운데 어머니에 대한 향수는 점점 커지고, 이전에는 원망스러웠던 어머니도 그리움으로 변해, 그 엄격한 성격마저 그리워졌습니다. 살아생전의 어머니는 모든 면에서 시원찮았던 내가 더욱 높은 꿈을 갖도록 여러모로 신경을 썼습니다. 당신은 그러한 어머니의 삶에서 큰 비중을 차지하고 있었습니다. 내가 대학의 문학부에 진학한 것도 어머니의 그러한 생활 방식의 영향이었습니다. 어머니나 당신의 생활 태도가 아버지를 비롯한 대다수 사람이 살아가는 모습과는 차원이 다르다는 것을 알았기 때문이었습니다. 나의 삶이 높은 이상을 꿈꾸며 노력하는 당신들의 생활 방식에서 벗어나면 벗어날수록, 멀어지면 멀어질수록, 나 자신을 부끄럽게 여겼습니다.

그러던 중에 전쟁이 일어나 나와 당신은 헤어지게 되었습니다. 어느 날, 당신은 갑자기 도쿄를 떠나 가루이자와軽井沢로 옮기게 되었다고 편지로 내게 알려왔습니다. 다른 외국 신부들과 함께 강제로 피난을 가게 되었다고 했습니다. 말은 피난이라고 했지만, 일본 헌병과 경찰에 의해 감시당하는, 일종의 수용소 생활이라는 것은 명백히 알 수 있었습니다.

그즈음에 나도 가와사키川崎의 공장으로 보내져, 공습을 두려워하며 비행기 부품을 만들고 있었습니다. 가루이자와로 가는 기차표조차 구하기 어려운 상황이었습니다. 그러던 어느 겨울날, 간신히 표를 구해 신슈信州의 작은 도시인 가루이자와로 향했습니다. 기차에서 내리자 매서운 추위에 볼이 찢어지는 것 같았습니다. 전쟁이 일어나기 전에는 번화했을 피서지의 거리는 매우 쓸쓸했고, 쥐 죽은 듯 조용했습니다. 역 앞의 헌병 초소에서 날카로운 눈매를 한 남자 둘이 화로에 손을 쬐고 있었습니다. 벌거숭이가 된 낙엽송 숲 속에는 피난민들이 죽을 끓이고 있었고, 그 연기가 처량히 솟아오르고 있었습니다. 대기실을 묻자, 그곳의 책임자가 당신들이 묵고 있는 커다란 목조 건물로 데려다 주었습니다. 얼어붙은 정원 가운데서 당신과 겨우 만날 수 있었습니다. 대기실 책임자는 우리에게서 조금 떨어져 등을 돌린 채 서 있었습니다.

"미사는 빠지지 않겠지? 그리스도를 믿어야 해."

당신은 거기서도 완전히 낡긴 했지만, 손질이 잘 된 옷을 입고 있었습니다. 하지만 손은 동상으로 부어 있었습니다. 당신은 건물 안으로 들어가더니 신문지에 싼 것을 가지고 왔습니다.

"갖고 가."

당신은 빠른 말투로 말하고는 그것을 내 손에 쥐여주었습니다. 옆에서 지켜보던 책임자가 수상히 여겨 다가왔습니다.

"그거 뭡니까?"

당신은 아무렇지도 않은 듯이 답했습니다.

"내가 배급받은 버터요. 내 것을 주는데 잘못됐나요?"

전쟁이 끝났습니다. 당신은 가루이자와에서 도쿄로 돌아왔고, 징병으로 소집되기 직전이던 나도 병역을 면해 공장에서 폐허가 된 학교로 돌아왔습니다. 일본 기독교의 새로운 시대가 시작되었습니다. 전쟁 중에 경찰로부터 첩자가 아니냐는 혐의를 받았던 외국인 신부들도, 강제로 피난 갔던 사람들도 마음껏 선교를 시작했고, 일본인 가운데 어떤 사람은 먹고살기 위해, 어떤 사람은 식량이나 일용품을 얻기 위해, 그리고 어떤 사람은 외국인과 접촉하기 위해 교회를 다녔습니다. 그즈음 나는 지프를 몰고 신학교에서 나오는 당신을 보았는데, 이전의 작았던 신학교를 크게 재건하는 일이 당신의 임무였던 까닭에 몹시 바빠 보였습니다. 당신을 찾아가자, 당시로서는 드문 두랄루민으로 지은 반원형의 사무실에서 비서가 계속 걸려오는 전화를 분주하게 처리하고 있었습니다.

"신부님은 안 계시는데요."

그 비서는 쌀쌀 맞게 말했습니다.

"글쎄요. 언제 시간이 가능하실지 모르겠네요."

이런 일은 그리 중요한 게 아닙니다. 이런 쓸데없는

엔도 슈사쿠 단편 선집

이야기를 꺼내는 이유는, 그 이야기를 꺼내야 할지 꺼내지 말아야 할지 망설이고 있기 때문입니다. 이제 그 이야기를 꺼내야 하는 시점이지만 글이 잘 써지지 않습니다. 당신에게 상처를 주는 게 아닌가 하는 두려움에 더 이상 쓰지 못하고 있습니다. 하지만 용서해 주시기 바랍니다.

어떻게 써야 할지, 도대체 왜 그렇게 되고 말았는지 지금도 잘 알 수 없습니다. 당신의 마음속에 조금씩 생기기 시작한 것을 내가 어떻게 해석해야 할지 알 수 없습니다. 서머셋 모음Somerset Maugham의 소설에 「비」라는 작품이 있는데, 거기에는 금령을 깨고 한 여자를 사랑한 성직자가 등장합니다. 서머셋 모음은 그것을 지루하고 단조롭게 내리는 비로 은유적으로 표현하고자 했습니다. 기법으로서는 좋다고 생각합니다만, 지금의 나로서는 당신에 관한 일을 그렇게 은유적으로 대충 쓸 수는 없습니다. 그 사건이 일어난 후에 누구나 말하곤 했습니다.

"어떻게 그런 일이……, 생각할 수도 없는 일이에요."

나도 믿을 수 없었습니다. 그러나 사실이었습니다. 그리고 그 사건이 마무리되고 오랜 세월이 지난 지금도 나로서는, 당신 마음의 변화를 어떻게 이해해야 좋을지 알 수 없습니다.

그것은 내가 대학을 졸업하고 얼마 되지 않아서입니다. 아직 아버지 집에 머무르며, 아르바이트로 패션 잡지나 기계 잡지를 번역하면서 돈벌이를 하고 있었습니다. 문학의 길로 들어설 생각은 있었지만, 아직 소설가로서 자신은 없었습니다. 그리고 그즈음 아버지를 통해서 들어오는 이런저런 혼담을 피하기 위해 평범한 여성과 사귀고 있었습니다. 후에 아내가 된 그녀에게 조건으로 내건 것은 하나였습니다.

"나는 어쩔 수 없이 그리스도교 신자가 되었지만, 나와 결혼한다면 그 종교와 무관해서는 곤란해."

나는 어머니에 대한 애착 때문에 그럭저럭 신앙을 버리지 않고 지내왔습니다. 예를 들어, 때로는 미사를 빠지고 교회에 나가지 않는 일이 있었지만, 어머니가 믿었고 자신의 삶을 지탱해 온 그것을 선뜻 버릴 수는 없었습니다. 나는 결혼할 그녀가 가톨릭 교리를 배울 수 있도록 당신에게 부탁하러 갔었습니다.

당신은 놀란 빛을 띠었습니다. 내가 약혼했다는 것

이 놀라웠는지, 아니면 나 같은 놈이 격에 맞지 않게 누군가에게 그리스도교를 배우라고 권해서였는지는 모르겠습니다. 물론 당신은 흔쾌히 승낙했는데, 그때 나는 뭔가 당신이 달라졌다는 느낌을 받았습니다. 별로 눈에 띄진 않았지만, 당신의 턱수염과 구두가 말끔하지 않다는 것을 알아차렸습니다. 다른 신부라면 신경도 쓰지 않을 테지만 당신에게는 있을 수 없는 일이었습니다. 그 오랜 전쟁 중에도, 가루이자와의 수용소에서도 당신은 말끔한 차림이었습니다. 깨끗이 솔질하여 진흙 하나 묻지 않았던 구두, 그것은 이전에 기숙사에서 당신이 우리에게 엄격하게 지시했던 것이기도 합니다. 나는 나 자신이 칠칠치 못했기 때문에 그러한 당신을 한편으로는 미워하고, 다른 한편으로는 외경심을 품고 있었습니다. 당신은 나와 그녀를 문 입구까지 배웅해 주었습니다. 그때 문 입구에서 한 여자가 당신의 비서와 이야기를 나누고 있었습니다. 기모노를 입고 혈색이 좋지 않은, 그다지 아름답다고는 할 수 없는 여자였습니다.

그 후 나는 혼자서 만원인 기차를 타고 어머니와 지냈던 한신을 찾아갔습니다. 어머니에 대한 그리움이 점점 강해졌고, 아버지에게는 비밀로 한 그녀와의 약혼을 어머니한테만은 말씀드리려는 생각에서였습니다. 그곳에 가 보니, 옛날 어머니와 살던 집 부근도 공습으로 불타 버렸고, 이모네 식구들은 피난 갔던 가가와 현香川県에 그대로 눌러살고 있었으며, 어머니 생전에 찾아왔던 사람들 모습은 찾아볼 수 없었습니다. 단지, 어둠이 채 걷히지 않은 겨울 새벽녘에 어머니와 함께 교회에 가기 위해 묵묵히 걸었던 그 길과 교회만이 옛 모습을 간직한 채 남아 있었습니다. 프랑스 신부 대신에 일본인 신부가 그때와 마찬가지로 아무도 없는 교회에서 혼자 미사를 올리고 있었고, 촛불에 비친 그 그림자가 벽에 어른거리고 있었습니다. 나는 어머니와 함께 살았던 집 앞에 서서(그 집은 외국인의 소유로 되어 있었습니다) 어머니의 장례식이 끝난 날, 멍하니 있던 당신의 얼굴을 떠올렸습니다. 그리고 그때 뭔가 상실감에 빠져버린 듯한 당신의 표정이 무엇 때문이었는지를 생각했습니다. 그리고 당신의 명령으로 버려진 개를 찾으러 이리저리 헤맸던 소나무 숲도 가 보았습니다. 그 버려진 개의 슬픔에 젖어 눈물을 머금은 눈이 갑자기 가슴 속을 스쳐 지나갔습니다. 불탄 자리에

엔도 슈사쿠 단편 선집

는 누런 회오리바람이 솟구쳐 오르고, 지친 듯한 한 남자가 삽으로 땅을 파고 있었습니다.

그리고 당신에 관한 황당한 소문이 들려오기 시작했습니다. 실은 당신을 잘 모르고 하는 험담이었습니다. 당신이 성직자로서 어떤 일본 여자와 선을 넘는 교제를 하고 있다는 이야기였습니다. 나는 그 소문을 듣고 언젠가 문 입구에서 본 안색이 좋지 않은 여자를 떠올렸습니다. 하지만 겉모습만으로 다른 사람을 판단하고 평가하면서도 자신은 늘 옳다고 생각하는 일본인 신자들의 태도가 싫었던 나는 웃어넘겼습니다.

"바보 같은 소리 하네."

왜냐하면 당신이 어떤 사람이고 얼마나 의지가 강한 사람인지 알고 있었기 때문입니다. 적어도 어머니가 존경했던 당신이 실수를 할지라도 그런 일을 할 리는 없다고 믿었기 때문입니다.

소문은 여러 곳에서 들려왔습니다. 당신이 그 여자를 지프에 태우고 가는 것을 보았다든가, 그 여자와 가게에서 물건을 사고 있었다는, 그런 저속한 호기심이 섞인 험담이었습니다.

"지프를 같이 탄 게 뭐가 문제야."

나는 그 소문을 전해주는 남자에게 쏘아붙였습니다.

"볼 일이 있으면 여자하고도 탈 수 있잖아."

그 남자는 놀란 듯 나의 얼굴을 쳐다보고는 얼굴을 붉혔습니다.

"하지만 그 여자, 이혼한 여자야."

그는 어딘가에서 들었는지 문제의 그 여자의 신상에 대해서 알고 있었습니다.

"더욱이, 아이가 있는 여자야."

'나의 어머니도 이혼한 여자였다. 아이가 있는 이혼한 여자였다. 그러한 그녀에게 신앙심을 불어넣어 주고, 더욱 높은 성스러운 세계를 가르쳐준 사람이 바로 그 사람이었'고 그에게 말해주고 싶었지만, 결국 나는 그 말을 못하고 입을 다물었습니다. 그 이유는 혐오스러운, 생각조차 하기 싫은 그 무엇이 목구멍에서 치밀어 올라왔기 때문입니다. 그렇다면 그때, 어머니도 그런 중상모략이나 험담거리가 되었단 말인가? 당신과의 관계 때문에 좋지 않은 소문이 있었단 말인가? 나는 그 남자의 얼굴을 노려보며 소리쳤습니다.

엔도 슈사쿠 단편 선집

"누가 뭐라고 하더라도 나는 그 사람을 믿어. 믿는단 말이야!"

'믿는다.' 나는 확실히 당신을 믿고 있었습니다. 왜냐하면, 당신도 내게 "믿어다오."라고 말했기 때문입니다. 그때 당신의 말과 목소리를 지금까지도 잊지 않고 있습니다.

기억하고 있습니까? 그러한 쓸데없는 소문을 듣고 있을 수만은 없어 당신에게 알려 주러 갔을 때를 말입니다. 당신은 여전히 바쁜 듯했습니다. 그리고 그때도 수염은 잘 다듬어져 말쑥한 모습이었지만 옷차림에서 뭔가 달라진 느낌을 받았습니다. 그것은 뭐라고 단정할 수는 없었습니다. 바지도 다림질이 잘 되어 있었고, 거기에 저녁 햇살이 비치고 있었습니다. 그럼에도 불구하고 옛날의 당신에게서는 느낄 수 없었던, 당신답지 않은 그 무엇이 있었습니다. 나는 쓸데없는 말이 떠돌고 있다고 말했습니다. 당신은 눈을 치켜뜬 채 가만히 나를 쳐다보았습니다. 정말 내 말을 듣고 있었는지 모르겠지만, 내가 이야기를 끝마치자 당신은 잠시 묵묵히 있었습니다. 나는 당신의 바지에 비친 햇살을 바라보고 있었습니다. 이윽고 당신은 힘주어 말했습니다.

"나를 믿어다오."

그 옛날 당신이 나에게 "그리스도를 믿어. 하느님과 교회를 믿어야 해."라고 말했을 때처럼 그 목소리는 확신과 자신에 차 있었습니다. 적어도 나에게는 그렇게 들렸습니다.

"믿어다오."

어린 시절 세례를 받던 부활절, 나는 다른 아이들과 마찬가지로 큰소리로 외쳤습니다. "믿습니다."라고. 믿지 못할 이유가 뭐가 있었겠습니까? 어머니가 평생 신뢰했던 당신을 의심할 수 없었습니다. 고백성사를 받은 후의 편안한 느낌, 그러한 안도가 오랜만에 가슴 속에 퍼져 갔고, 비로소 나도 모르게 쓴웃음을 지었습니다.

"안녕히 계세요."

내가 의자에서 일어나자 당신은 고개를 끄덕였습니다.

아내와의 결혼은 여러 우여곡절이 있었지만, 그럭저럭 아버지를 설득할 수 있었습니다. 단지 아버지는, 결혼식은 교회에서 하지 말라는 조건을 달았습니다. 아버지는 나와 어머니의 심리적인 유대관계를 단절시키고 싶었겠지요. 나는 이 어이없는 제의를 받아들이면서, 그녀와 상의하여 결혼식을 두 번 하기로, 즉 한 번은 아버지와 친인척이 모인 호텔에서, 또 한 번은 그녀와 둘이 교회에서 예식을 올리기로 했습니다. 왜냐하면 그녀는 그즈음에 세례 받을 결심을 하고 있었기 때문입니다. 물론, 우리 둘만의 혼인 미사를 올려줄 사람은 당신이어야 했습니다.

호텔 결혼식을 올리기 전날, 아버지가 눈치채지 않도록 평상시에 입는 정장을 입은 나와, 같은 색깔의 옷을 입은 그녀는 몰래 당신이 있는 신학교를 찾아갔습니다. 아무도 참석하지 않은 우리 둘만의 결혼식이었지만, 나는 돌아가신 어머니가 멀리서 축복해 주는 듯한 느낌이 들었습니다. "어쨌든 나는 내 아내만은 신자로 만들었어."라고 어머니에게 자랑하고 싶었습니다. 그녀는 학교 앞에 도착하자 새로 산 하얀 손수건을 내 양복 윗주머니에 살짝 꽂아주고 자신의 정장 가슴에는 카틀레야 꽃을 달았는데, 그 모습이 애처로웠습니다.

"당신이 가서, 우리가 왔다고 신부님께 말씀드리고
와."라고 그녀에게 말한 뒤 나는 교회 앞에서 기다리고
있었습니다. 맑게 갠 날이었습니다. 두랄루민으로 지은
반원형의 건물이 쭉 늘어서 있었고, 그 두랄루민이 햇살
을 받아 반짝반짝 빛나고 있었습니다. 나는 어머니와의
일을 생각하며 내 아내를 본다면 무슨 말을 할까 하고 생
각하면서 혼자서 웃음을 짓고 있었는데, 그녀가 저쪽에
서 천천히 걸어왔습니다. 약간 몸이 휘청거렸습니다.

'저 사람, 꽤나 흥분해 있군.'

나는 쓴웃음을 지으며 입에 물었던 담배를 내뱉었습
니다.

"어떻게 됐어? 알리고 온 거야?"

그녀는 얼굴이 굳어진 채 묵묵히 있었습니다.

"어디, 기분이 안 좋아?"

"아니에요."

"그럼, 그런 얼굴 하지 마."

그래도 그녀는 얼굴을 찌푸린 채 아무 말도 하지 않
았습니다. 그러고는 구두 끝으로 땅을 파내면서 갑자기
나에게 말했습니다

엔도 슈사쿠 단편 선집

"돌아가요."

"왜?!"

"왜라니요?"

"이제 와서 무슨 소리야."

"나⋯⋯."

갑자기 그녀는 심각한 표정을 지으며 중얼거렸습니다.

"봤어요."

그녀는 봤다고 했습니다. 당신에게 우리의 도착을 알리려고 사무실 문을 열었을 때, 당신은 그 언젠가 문 입구에서 마주쳤던 안색이 좋지 않은 여자와 몸을 떼고 있었다고 했습니다. 당신의 얼굴 바로 밑에 그 여자의 얼굴이 있었고, 그래서 아무 말도 하지 못하고 문을 열어둔 채, 그대로 돌아왔다고 그녀는 이야기했습니다.

"뭐라고?!"

화가 치밀어 올랐습니다.

"말도 안 되는 소리 하지 마!"

나는 그녀의 뺨을 때렸습니다.

"너마저 그런 이상한 소리 할 거야?"

아내는 뺨을 손으로 감쌌습니다.

"나를 믿어다오."

내 가슴 속에서는 당신의 말이 천천히 되살아났습니다.

어쨌든, 결혼식이 시작되었습니다. 눈물을 글썽이는 그녀의 눈은 빨개졌습니다. 당신은 그녀가 기뻐서 흘리는 눈물이라고 생각했습니까?

'그럴 리 없어. 당신이 그럴 리 없어.'

우리의 혼인 미사를 올리고 있는 당신과 제단을 바라보면서, 수렁의 수면에 떠오르는 더러운 거품처럼 가슴 속에서 치밀어 오르는 그 의혹을 가라앉히려 애를 썼습니다. 당신은 말했습니다.

"그리스도를 믿어."

그 그리스도의 미사를 그런 행동을 하고 나서 올릴 리는 없어. 나는 그때까지도 당신을 믿으려 했습니다. 결혼 후에도, 그 날의 기억을 떠올리며 찌푸린 표정을 짓는 아내에게 나는 때때로 소리쳤습니다.

"내 어머니가 가장 믿었던 사람을 의심하는 거야?"

그러자 아내는 고개를 흔들었습니다. 하지만 그것이

엔도 슈사쿠 단편 선집

사실이라면, 아내는 자신의 일생에 단 한 번뿐인 신성한 결혼식을 더러워진 신부의 손에 의해 올린 셈입니다. 그것은 너무나 잔혹한 일입니다. 그렇기 때문에 나는 그런 의혹을 떨쳐버리기 위해 당신과의 만남을 피했습니다. 그리고 3개월 후, 당신이 신학교를 그만두었다는 결정적인 소식이 전해졌습니다.

어째서 이렇게 되었을까? 망연자실했습니다. 어쨌든 당신을 만나 자초지종을 들어야 했습니다. 다른 사람이 뭐라고 하더라도, 당신을 믿고 싶은 마음과 배반당했다는 감정이 뒤섞여 가슴을 조여 왔습니다. 하지만 신학교에서는 당신이 어디에 있는지 모른다고 했습니다. 그런 무책임한 이야기가 어디 있느냐고 분개했지만 어쩔 수가 없었습니다. 결국, 여기저기 수소문한 끝에, 당신과 같은 나라 사람인 스페인 무역상 집에 몸을 의탁하고 있다는 것을 알았습니다. 편지를 썼습니다. 하지만 답장 대신에 당신의 친구라는 스페인 사람으로부터, 지금은 가만히 놔두어 달라는 이야기가 전해져 왔을 뿐입니다. 당신이 지금은 나도, 아니 나이기 때문에 더더욱 만나고 싶지 않은 그 기분을 알 듯했습니다. 지금 어떤 수치심과 굴욕

감으로 외롭게 지내고 있는지를 상상할 수 있었습니다. 나는 결국 당신을 찾는 것을 단념했습니다.

하지만 충격이 사라진 것은 아닙니다. 도대체 이게 어찌 된 영문인지, 언제부터 이해할 수 없는 이런 일이 일어나게 되었는지 도무지 알 수가 없었습니다. 다만 한 가지, 언젠가 처음 아내를 데리고 당신 사무실에 갔을 때, 당신의 턱수염이 덥수룩하게 자라 있던 모습이 떠올랐습니다. 어쩌면 당신은 그즈음에 벌써 무너지기 시작했던 것이 아닐까요? 눈에 보이지 않을 만큼 당신의 생활, 당신의 신앙을 조금씩 좀 먹고 있었는지도 모른다는 생각이 들었습니다. 물론, 이것은 나의 쓸데없는 상상에 지나지 않습니다.

하지만 어째서 당신을 믿으려고 했던 나에게마저 거짓말을 했는지, 나의 충고에 그렇게 자신에 찬 목소리로 "나를 믿어다오."라고 말했는지, 분노와 처참함이 번갈아 마음속에 치밀어 오르고, 때로는 그 분노가 이미 오래전부터 나와 어머니까지 속여 온 것이 아닌가 하는 끔찍한 상상으로까지 이어진 적이 있었습니다. 그리고 그때마다 고개를 흔들며 그런 생각을 쫓아냈습니다.

엔도 슈사쿠 단편 선집

아내는 이제 당신에 대한 이야기를 꺼내지 않습니다.

"이제 교회에 안 갈래요. 믿을 수 없는 걸요."

그렇게 중얼거리는 그녀에게 뭐라고 할 수가 없습니다.

"선교사 한 사람 때문에 그리스도교 전체를 비난해선 안 돼."

나는 그녀에게 이렇게 말했지만, 그 말이 나 자신에게도 설득력이 없다는 것은 잘 알고 있었습니다. 그리고 나뿐만 아니라, 많은 성직자나 신자들도 이 사건에 대해 뭐라고 이야기를 해야 할지 몰라 하며, 단지 목소리를 낮추어 수군댈 뿐이었습니다. 결국, 일체를 불문으로 하고 침묵의 재 속에 묻어버리는 것, 마치 냄새를 막기 위해 뚜껑을 덮는 것처럼 행동했습니다.

하지만 나로서는 그렇게 할 수가 없습니다. 다른 사람은 세월이 지나면 잊어버리겠지만, 나는 그럴 수가 없습니다. 당신을 잊는 것은 곧 어머니를 잊는 것이며, 당신을 거부하는 것은 곧 내 인생의 큰 흐름을 거부하는 것이기 때문입니다. 나는 많은 신앙인처럼 내 의지로 신앙을 선택하지 않았습니다. 나의 신앙은 어떤 의미에서는 어머니에 대한 애착과 결부되어 있고, 또한 당신에 대한 경외심과 연결되어 있습니다. 그런데 그것이 지금 뿌리째 흔들리고 있습니다. 지금에 와서 어떻게 다른 사람들처럼 당신을 잊고, 문제를 수면 아래로 감출 수 있겠습니까? 그렇기 때문에 나는 여러 신부에게 부탁하기도 했습니다.

"그 사람을 한 번 찾아가봐 주세요."

나로서는 당신이 (나로서는 아직 알 수 없지만) 지금까지보다 더욱 깊은 믿음으로, 더 큰 사랑을 위해 신학교를 버리고 한 여자를 선택한 것이라고 생각하고 싶었습니다. 그리고 지금도, 아니 지금이야말로 당신이 옛날보다도 강한 신앙을 가지고 있다는 것을 보여주기를 바랐습니다. 하지만 그런 어린애 같은 유치한 공상은 깨지고 말았습니다. 대부분의 신부는 찾아가봐 달라는 나의 청을 거부했고, 나는 분개하기도 했습니다. 그리스도는 행복한 사람, 부족함이 없는 사람이 아니라 고독한 사람, 굴욕을 당하는 사람에게 달려갔다고 그들은 늘 말하곤 했습니다. 그럼에도 불구하고 정작 이런 사태가 벌어지자, 아무도 당신에게 손을 내밀려 하지 않는 것입니다.

하지만 나의 생각이 어리석었다는 것을 곧 알았습니다. 왜냐하면 어떤 신부가 당신에게 연락했는데, 당신으로부터의 응답은 '만나고 싶지 않다'는 단 한마디였기 때문입니다.

"지금은 그를 조용히 두는 것이 좋아요. 그 사람 기분을 모르겠어요?"

그 신부가 말했을 때, 나는 비로소 나 자신이 얼마나 무신경하고 이기적인지를 깨달았습니다.

이렇게 해서 당신과의 길고 긴 만남이 끝났습니다. 생각해 보면, 성애병원에 입원해 있을 때 병실로 찾아온 것이 첫 만남이었는데, 그동안 30년 이상의 세월이 흘렀습니다. 졸음이 왔던 당신의 이야기, 버려진 나의 개, 당신과 산길을 뛸 때의 고통, 기숙사에서의 사건, 어머니의 죽음, 그리고 가루이자와에서 버터를 내게 준 당신의 동상 걸린 손, 이러한 추억 하나하나가 내 인생의 강물 속에 소중히 가라앉아 있었습니다. 한 사람이 다른 한 사람에게 남긴 흔적, 우리는 자신이 타인의 인생에 어떤 흔적을 남기며 어떤 영향을 주고 있는지 알지 못합니다. 마치 바람이 모래사장의 소나무 등을 휘게 하고 가지의 방

향을 바꾸어 놓듯, 당신과 어머니는 다른 사람들은 물론,
나를 현재의 방향으로 바꾸어 놓았습니다. 그리고 지금
당신은 어딘가로 사라져 버렸습니다.

그 후에 당신이 영어회화 학교에서 교편을 잡았다든
가, 스페인어 개인 교습을 하며 생활하고 있다는 소문은
들었습니다. 당신과 그 일본 여자 사이에 아이가 생겼다
는 것도 누군가가 알려주었습니다. 하지만 나는 별 충격
없이 받아들였고, 한때 그렇게도 신자들을 곤혹스럽게
했던 사건도 조금씩 잊혀갔습니다.

그 결혼식 사건은 두 번 다시 입에 꺼내지 않았는데,
실은 아내나 나나 서로 피하고 있었던 것입니다. 그럼에
도 불구하고 저녁 식사 후 서재로 돌아와 문을 닫고 책상
에 앉아 있을 때라든가, 혹은 한밤중에 책을 보다가 얼
굴을 들었을 때, 당신의 목소리가 문득 떠오른 적이 있습
니다. "나를 믿어다오."라는 당신의 말. 나는 당신을 믿
기 위해서 무진 애를 쓰고 있습니다. 당신을 (물론 변형
시키기는 했습니다만) 내 세 편의 소설 속에 등장시켜
당신의 심리를 추적하려고 했던 것도 그런 마음 때문이
었습니다. 나는 여러 방법으로 당신의 심리를 더듬어보

　　　　　　　　엔도 슈사쿠 단편 선집

려 합니다. 어쩌면 당신은 나의 어머니를 보다 높은 세계로 이끌어 주었던 것처럼, 그 안색이 좋지 않은 여자를 더 높은 곳으로 이끌고 가려다가 그만 다리가 걸려 넘어졌는지도 모릅니다. 처음에는 사제로서의 순수한 모습으로, 연민의 정으로 대했겠지만, 차츰 남자로서의 감정이 스며드는 것을 알아채지 못했을 것입니다. 당신은 너무 자신만만했습니다. 강할수록 한 번에 부러진다는 것을 알지 못했습니다. 자신에 대한 과신에 발목이 잡혔는지도 모릅니다. 당신과 같은 남자는 일단 걸려 넘어지면 걷잡을 수 없이 무너져 내리기 마련입니다. 이런 도식적인 상상을 나는 몇 번이고 되풀이했으나 소용없었습니다. 그 이유는 결국 당신이 그렇게 된 진상을 알 수 없었기 때문이고, 그런 가정을 해 보았자 내 마음이 치유될 것은 아니었기 때문입니다.

그런데 어느 날, 몇 년 만에 당신을 보았습니다. 토요일 저녁, 백화점 옥상에서였습니다. 나는 당시 고마바駒場에 살고 있었기 때문에 때때로 아들을 데리고 백화점 옥상에 있는 유원지에 놀러 가곤 했습니다. 그러던 어느 날이었습니다. 초등학교 1학년이 된 아들은 빙글빙글 도

그림자

는 컵을 타기도 하고, 동전을 넣으면 소리가 나는 인조인 간이라는 놀이기구도 재미있어 했습니다. 여러 대의 비행기를 매 단 커다란 놀이기구가 음악에 맞춰 붉은 저녁 노을이 진 하늘을 빙글빙글 돌고 있었습니다. 나처럼 아이를 데리고 온 듯한 부모들이 벤치 여기저기에 앉아 자기 아이를 바라보면서 쉬고 있었고, 그 사이에 섞여 나도 신문을 읽으면서 콜라를 조금씩 마시고 있었습니다. 무심코 얼굴을 들었을 때, 당신의 뒷모습이 눈에 들어왔습니다.

옥상 주위에는 추락 방지를 위해 높은 철망이 둘러쳐져 있었고, 철망 바로 앞에는 10엔을 넣으면 잠깐 동안 시내를 볼 수 있는 망원경 몇 대가 나란히 설치되어 있었는데, 거기에도 부모와 함께 온 아이들이 무리 지어 있었습니다. 당신은 그 망원경과 철망 사이에 서서, 조용히 저물어 가는 거리를 혼자 바라보고 있었습니다. 그 거리 위로는 납빛의 커다란 구름이 겹겹이 끼어 있었고, 서쪽 일부분만이 우윳빛을 띤 가운데 구름 사이를 비집고 햇살이 살짝 빛나고 있었습니다. 아무런 특색도 없는 도쿄의 저녁 하늘을 배경으로 한 당신의 모습은, 건너편의 빌딩이나 아파트보다 약간 작게 보였습니다. 빌딩 가운데는 벌써 불이 켜진 창이 있었고, 그 불빛은 스모그 현상 때문인지 묘하게 번져 빛나고 있었습니다. 아파트 쪽에서는 햇살에 널어놓은 속옷이나 이불이 보였습니다. 당신은 가톨릭 성직자가 입는 검은 옷과 로만칼라 차림이 아니라 회색의 낡은 정장을 입고 있었습니다. 그 정장 탓인지, 이전의 그렇게도 당당했던 몸집이 왠지 빈약하고 초라하게 느껴졌으며, 이런 말을 하면 실례겠지만, 시골뜨기 서양인처럼 보였습니다. 뜻밖이었던 것은, 그 모습이 그다지 놀랍지 않았다는 것입니다. 오히려 그것이 자연스럽고 당연한 듯한 느낌마저 들었습니다. 이유는 알 수 없습니다. 당신 모습에서는 이전의 당신이 지니고 있던 확신도 자신감도 없었고, 해 질 녘 백화점 옥상에서 시간을 보내고 있던 많은 일본인 부모와 아이들로부터 어떤 시선도 끌지 못했습니다. 나는 일어서려고 했습니다. 그런데 그때, 낯익은 여자가 하얀 스웨터를 입은 아이의 손을 끌고 당신에게 다가갔습니다. 두 사람은 등을 이쪽으로 돌린 채 아이를 감싸 듯하며 맞은편 출입구로 사라져 갔습니다.

당신을 만났다 해도 오직 그뿐이었습니다. 물론, 그 일은 아내에게도 말하지 않았습니다. 극히 짧았던 그 재회가 요즘, 깊은 밤에 문득문득 떠오릅니다. 그리고 당신의 그 뒷모습을 떠올릴 때마다, 당신의 모습은 내 인생이란 강의 다른 그림자와 겹쳐집니다. 이를테면, 어렸을 적 다롄의 거리에서 러시아 빵을 팔고 있던 백인계 러시아노인의 모습이라든가, 어린 시절 교회에서 지친 발을 질질 끌며 다른 사람의 눈을 피하여 조심스레 사제관을 드나들던 늙은 외국인의 모습들과 겹쳐집니다(그 늙은 외국인도 당신과 마찬가지로 결혼했기 때문에 사제직에서 쫓겨난 사람이었습니다). 여름 해 질 녘, 그 사람은 무서워 도망치려는 나에게 무서워하지 말라고 했는데, 그의 슬픈 눈에 당신이 버리라고 했던 잡종견의 눈이 겹쳐집니다. 동물이나 새들은 왜 그처럼 슬픔에 찬 눈을 하고 있는 걸까요?

나에게 그 모든 것은 하나의 질서를 만들고 혈연관계를 맺으며 무언가 이야기하고 있는 듯합니다. 그리고 동시에 그것들을 하나의 질서로 자신의 삶 속에서 인정할 때, 더 이상 당신은 자신감과 신념에 찬 선교사가 아니었습니다. 당신은 불 켜진 빌딩과 기저귀를 말리는 아파트 사이에서 이제는 삶을 높은 데서 내려다보며 재판하는 사람이 아니라, 버려진 개의 슬픈 눈과 같은 눈을 가진 인간이 되었다는 생각을 합니다. 그렇기 때문에 당신이 설혹 나를 배신했다 하더라도 이제는 원망할 마음이 없어졌고, 오히려 당신이 그 옛날 믿고 있던 그 신앙은 자신감이나 재판하는 강자를 위해서가 아니라 버림 받은 자의 슬픔을 위해서 존재했었다고까지 생각해 봅니다. 어쩌면 당신은 이미 그것을 알고 있을지 모릅니다. 왜냐하면, 이슬비 내리는 시부야의 레스토랑에서 종업원이 음식을 가지고 왔을 때, 당신은 다른 사람이 알아채지 못할 만큼 빠르게 십자성호를 그었기 때문입니다. 내가 당신에 대해서 알 수 있는 것은 아직 그뿐입니다.

「新潮」1968년 1월호에 수록

잡종견

"이 개 버리고 오세요. 당신은 처음부터 암컷이라고 알고 있었던 거죠?"

"아니, 몰랐어."

그는 열심히 고개를 저었다.

"정말로 몰랐단 말이야."

구우食ぅ는 그와 아내가 자신의 이야기를 하는 줄도 모르고, 빨간 목줄이 채워진 목을 조금 돌리더니 멍한 눈으로 부부를 바라본다. 10살이 되는 아들은 자리를 뜨면서 두 사람의 말다툼을 듣고 있다.

"미노루, 구우 버려도 되지?"

"나는······."

말끝을 흐리며 아들은 당황한 얼굴을 한다.

아내는 개든 고양이든 동물을 집에서 키우는 것을 아주 싫어했다.

"결국, 먹이를 주는 것도 배변 처리하는 것도 내가 해야 하잖아요. 당신은 그저 머리만 쓰다듬잖아요."

그녀가 말한 대로다. 그럼에도 불구하고 그는 결혼 이후 10년 동안, 몇 번이나 싫은 내색을 하는 아내를 달래며 작은 새를 키워왔다. 고양이를 주워 온 적도 있다 (그 고양이는 지금의 집으로 이사할 때 어딘가로 가 버렸다).

문제의 구우도 가족의 일원이 되기까지 아내를 설득해야 했다. 게다가, 아들은 엄마를 닮아 작은 동물에 전혀 관심이 없다. 산책 도중, 우유 가게에서 세 마리의 얼룩무늬 강아지와 흰색 강아지가 상자 안에서 머리를 내밀고 끙끙거리는 것을 봤을 때에도, 털썩 웅크리고 앉은 것은 그였고, 아들은 아무 관심 없는 표정이었다.

"귀엽네요!!"

"그래요?"

우유 가게의 여주인은 기쁜 듯 말했다.

"네 마리가 태어났는데요, 손님이 자꾸 한 마리를 달라고 해서 드렸어요."

"저도 한 마리 갖고 싶은데요."

"그럼, 갖고 가세요. 언젠가는 누군가에게 전부 나눠주어야 하니까요."

"아빠, 그냥 가요!"

아들이 그의 팔을 잡아당기며 속삭인다.

"엄마가 화내요. 게다가 잡종이잖아요."

스구로勝呂는 잡종이기에 이 강아지가 귀여웠다. 왠지는 모르지만, 같은 개라도 혈통 있고 영리한 개는 성미에 맞지 않았다. 겁 많고, 사람 좋아하는, 잡종견이 그는 좋다.

"어미도 잡종이겠네요."

"네, 스피츠 피가 섞이긴 했지만요."

"스피츠는 싫습니다. 잡종인 편이 좋아요."

그는 결국, 상자 안의 세 마리 중에서 하얀 강아지를 골랐다. 사타구니를 보니 작은 돌기가 있어 그것을 보고 수컷이라고 생각했다. 강아지는 가엽게도 오른쪽 눈이 왼쪽 눈보다 작았고, 게다가 오른쪽 눈 주변만이 갈색이어서 마치 안경을 끼고 있는 듯했다. 강아지는 그의 팔 안에서 느긋이 잠들었다.

"난 몰라요." 아들은 한숨을 쉬며 말했다.

"엄마가 야단칠 거예요."

예상한 대로 그날 밤 아내는 잔소리를 해대기 시작했다. 그럴 때마다 그는 묵묵히 듣고 있다. 실은 듣고 있는 척만 할 뿐, 상대의 입이 지치기를 기다리고 있다가 한마디 던진다.

"난, 다른 남자들처럼 마작도 골프도 하지 않잖아. 술도 거의 마시지 않고, 바람도 피우지 않고. 도대체 낙이라고는 아무것도 없어……. (그쯤에서 그는 말을 끊고, 슬픈 듯 고개를 숙여 보인다.) 오로지 하나, 새나 강아지 키우는 것도 안 돼?"

스구로의 아내는 그 얘기에 무심할 만큼 성격이 나쁜 여자는 아니기 때문에 이런 말에 속아 넘어간다. 그리고 마지못해 그가 강아지를 돌본다는 조건으로 키우는 것을 허락했다.

아들과 같은 나이 때, 그는 다롄에서 살았다. 집에는 갈색 잡종견이 있었다. 처음에는 이름도 갖고 있었지만, 그 개가 먹성이 매우 좋아 먹이를 많이 먹었기 때문에 언

엔도 슈사쿠 단편 선집

젠가부터 사람들은 그를 '구우'*라고 부르게 되었다. 성격은 온순하고 가족 중에서 스구로를 제일 따랐다.

아카시아 꽃이 다롄 거리에 피는 5월, 가방을 느슨히 메고 학교에 가는 그의 뒤를 구우는 언제나 따라왔다. 집으로 돌아가라고 쫓으려 해도, 잠시 멈춰 꼬리를 흔들어 보일 뿐, 또 어슬렁거리며 뒤를 따라 온다. 수업 중에는 운동장 구석에 누워 그가 나오기를 언제까지고 기다리고 있었다.

"애는 만주견滿洲犬의 피가 흐르고 있어."라고 그는 자랑하듯 친구들에게 말했다.

"봐. 혀가 빨갛지 않고 좀 파랗지? 만주견은 모두 그래."

학교가 끝나면 그는 또 구우를 데리고 집으로 돌아온다. 가방을 내던지고, 엄마에게 들키지 않도록 조심조심 밖으로 나간다. 들키면 숙제하라는 이야기를 들어야 하기 때문이다. 시궁위안西公宛의 커다란 포플러 나무 아래에는 하급 노동자가 항상 낮잠을 자고 있었고, 거기에는

---

* 역주 - 구우(食う): '먹다'라는 뜻이다. 너무 많은 먹이를 먹기 때문에 '먹보'라는 뉘앙스로 붙여진 이름이다.

송사리가 잡히는 작은 하천이 있었다. 그가 놀고 있는 동
안, 구우는 얼굴을 앞발 위에 올린 채로 엎드려 앉아 나
무 아래에서 엄마처럼 그를 가만히 지켜보고 있었다.

받아 온 하얀 강아지에게 그는 '구우'라는 이름을 붙
였다. 소년 시절에 기르던 구우와는 털 색깔도 얼굴도 달
랐지만, 식욕만큼은 왕성해서 배가 터질 때까지 먹는 것
이 꼭 닮아 있었다.

아침에 눈을 뜨면 스구로는 곧바로 부엌문을 들여다
본다. 낡은 담요를 깐 나무상자 안에서 구우는 기다리고
있었다는 듯이 꼬리를 열심히 흔들고는, 한쪽 다리를 올
리며 옆으로 자빠져, 배를 긁어달라고 조르는 것이었다.
사마귀같이 작은 젖꼭지가 보이는 그 배를 긁어주면, 한
쪽 다리에 경련이 이는 것처럼 버둥거렸다.

"봐라, 나만 이렇게 잘 따르잖아."

그렇게 그는 자랑했으나, 아내는 내뱉듯이 말했다.

"이 개는 누구에게나 그래요."

듣고 보니, 사실 구우는 방문자들에게도, 집배원에게
도 엉금엉금 기는 자세로 다가가서는 꼬리를 흔들며 바

엔도 슈사쿠 단편 선집

로 엎어진다. 잡종견은 혈통 있는 개와는 다르게, 그렇게 하지 않으면 먹이를 얻지 못한다는 것을 본능적으로 알고 있는 것 같다. 전후戰後 얼마 되지 않았을 즈음, 스구로의 선배 집에는 개가 한 마리 굴러들어 왔는데, 이 개는 그 후, 1주일 중에 월·수·금은 선배의 집에 머물고, 화·목·토는 다른 집의 개가 되었다고 한다. 식량이 부족한 전후였기에, 잡종견도 그 정도의 지혜가 있지 않으면 살아남을 수 없었다고 그 선배는 말했다.

"그런 바보 같은 말이 어디 있어요?"

"정말인지 어떤지는 모르겠어. 그렇지만 그 정도로 잡종이라는 것은 애잔한 거야."

구우는 아들이 '앉아', '손 줘'를 몇 번이나 가르쳐도 익히지 못했다. 자신이 익히지 못하는 것을 미안해하고 있는지, 죄송스런 얼굴을 하고 있다.

"바보 아냐? 이 개!"

아들은 점차 질렸는지 개를 보려고 하지도 않았다. 학교에서 돌아와 구우가 꼬리를 흔들며, 마당에서 간식을 먹고 있는 그에게 다가가도, "노, 노." 하고 쫓아낼 뿐이다.

"넌, 왜 이 개가 싫은 거니?"

"더럽잖아. 게다가 머리도 좋지 않고. 영화 「명견 래 시Famous Dog Lassie」*의 래시 정도라면 모르겠지만."

"귀여워해 주면 어떤 개도 똑똑해지는 거야."

"안 돼요. 원래부터가 잡종이니까. 태생이라는 게 있는 거예요."

스구로는 암담한 표정을 지었다. 아이를 타일러 볼까도 생각했지만, 어떻게 야단을 치면 좋을지, 적당한 표현이 떠오르지 않아 입을 다물었다.

'아버지와 어머니가 헤어졌을 때, 나는 이 아이와 같은 10살이었다.'라고 구우를 꾸짖고 있는 아들을 바라보며 그는 생각했다.

그해 겨울부터, 스구로의 아버지와 어머니 사이는 험악해지기 시작했다. 아버지 없는 저녁 식사 시간이 많아졌다. 가끔, 셋이서 식탁에 둘러앉아도 아버지는 어머니로부터 될 수 있는 한 눈을 피하고, 싸늘한 표정으로 입을 움직였다. 이상하리만큼 엄마는 스구로에게만 다정히 말을 건넸다. 왜 부모가 이처럼 싸우고 있는지 아이였던

---

* 역주 - Famous Dog Lassie 영어 표기는 역자가 붙였음.

그는 알 수가 없었다. 스구로는 단지 얌전히 아버지와 어머니의 얼굴을 살피며 식사를 이어갔던 것이다.

식사가 끝나면, 거실엔 늦게까지 불이 켜져 있었다. 지금 생각해보면 아버지와 어머니가 이혼 이야기를 하고 있었던 것이다. 그때의 그로서는 방까지 들려오는 아버지의 격한 소리와 어머니의 흐느낌을 듣는 것이 참을 수 없을 만큼 힘들었다. 스구로는 귓구멍에 손가락을 집어넣어 그 소리를 듣지 않으려 했다.

다롄의 겨울은 4시경부터 어두워진다. 얼어붙은 눈에 페치카pechka의 검은 매연이 뿜어져 나오고 집들의 불빛이 켜지기 시작하는 시간까지 스구로는 학교에 남거나, 학교를 나와도 집으로는 바로 돌아가지 않고 밖을 배회했다. 집에 돌아가면 어두운 방 안에서 회색 석상처럼 앉은 채로 뭔가를 생각하고 있는 어머니의 모습을 봐야 했기 때문이다. 그때, 그의 뒤를 언제나 구우만이 따라다녔다. 구우는 멈춰 서서, 한쪽 길에 쌓아둔 눈 속에 코를 박고 분주히 눈을 파헤치거나, 또는 노란 소변 자국을 남기면서 따라왔다. 그가 자리에 멈춰 서면 머리를 갸웃하며, 슬픈 듯한 눈으로 스구로를 가만히 바라보았다.

"요코미조, 놀자."

"안돼. 곧 저녁 식사 시간이야."

이런 겨울 저녁 시간에는 친구들도 밖에 나오지 않았으므로, 그는 혼자 걸어 다녀야 했다.

"정말 싫다……."

어쩔 수 없이 집에 돌아가야 할 시간이 되면, 스구로는 한숨을 쉬었다. 그때, 그가 뒤돌아서면 구우도 휙 하고 방향을 바꿔, 또 그의 뒤를 인내심 있게 따라오고 있다. 눈 속에 얼굴을 파묻어 눈을 파헤쳐 구멍을 내고는 스구로를 뒤쫓아 뛰어온다. 집에 돌아오면, 또 그러한 고통스러운 저녁 식사나 엄마의 흐느낌이 시작된다.

'이 아이는 나와 같은 경험을 하지 않았으니까.' 스구로는 때때로 생각할 때가 있다. '개에게서 친밀함을 느끼지 못하는 것일까.'

아들이 무자비하게 구우를 쫓아내는 것을 보자, 스구로는 아내와 지금까지 헤어지지 않고 살아오길 잘했다는 생각을 한다. 물론 그에게도 아내에 대한 불만이 없는 것은 아니다. 그러나 아내와 헤어진다는 것을 한 번도 생

엔도 슈사쿠 단편 선집

각지 않았던 것은, 무엇보다도 소년 시절 자신이 겪었던 고독을 아들에게 경험하게 하고 싶지 않았기 때문이다. 아버지와 어머니가 서로를 미워하고 상처 주던 나날 동안 그는 자신의 아픔을 이야기할 상대가 없었다. 어머니는 아버지의 험담만을 늘어놓고, 아버지는 새삼스레 그에게 따뜻한 말을 건넨다. 그렇지만 아버지의 따스함이 스구로에게는 무거운 짐이 되었다. 왜냐하면 그것은 엄마를 배신하는 것 같았기 때문이었다. 그렇기에 그는, 개에게만은 자신의 슬픔을 이야기할 수 있었다. 그 한 마리의 까만 잡종견만이 소년 시절 스구로의 동반자였고, 그의 고독을 알고 있었다. 구우는 황혼 녘의 눈 속에 서 있는 주인을 고개를 갸웃하며 슬픈 눈으로 가만히 지켜보고 있었다.

"창피해 죽겠어요. 이 개."

아내가 말했다.

"왜 그러는데?"

"오늘 정육점에 갔었는데, 구우도 어슬렁거리며 따라왔었어요. 그런데 어떤 아줌마가 그레이트데인Great Dane

이라는 크고 멋진 개를 데리고 왔는데, 그 개에게 정육점 총각이 뼈를 던져 주는 게 아니겠어요? 그런데도 그 개는 본체도 하지 않는 거예요. 그런데 우리 구우는 좋아라고 뛰어드는 게 아니겠어요? 마치 집에서 아무것도 얻어먹지 못한 것처럼. '역시 잡종은 다르네!'라고 정육점 총각이 들릴락 말락한 소리로 말하잖아요."

"그런 것은 훈련으로 해결할 문제야."

"'손 줘!' 하나 못하는 개에게 훈련이라니요? 틀렸어요, 우유 가게에 돌려줍시다. 그렇게 개를 키우고 싶다면, 좀 좋은 개를 받아와요."

"그래요. 아빠. 명견 래시 같은 개를 얻어 와요."

아들까지도 제 엄마 편을 들며 그런 얘길 한다. 그는 화가 나서 신문으로 눈을 돌렸다. 그가 화를 낸 것은 단지 개 때문만은 아니었다. 아내와 아들의 그런 사고방식이 싫었던 것이다.

작년에 자동차를 팔까 말까 망설였을 때도 지금과 같은 기분이었다. 그것은 3년 동안 타고 다니던 낡은 오스틴을 팔고 새 자동차로 바꾸자고 아내가 말을 꺼냈을 때였다.

"계약금만 어떻게 해결하면 나중에는 할부로 할 수 있고, 그 편이 득이에요."

그렇지만 그는 그 낡은 차에 이상한 애착을 느끼고 있었다. 차의 외형도 볼 품 없었고, 칠까지 벗겨지기 시작했다. 그리고 언덕을 오를라치면 어딘가에서 헐떡이는 듯한 소리를 낸다. 그렇지만 그는 때때로 그 소리를 들으면서 '이것은 나 자신과 꼭 닮았다. 뚱뚱한 아내와 아들을 짊어지고 인생을 헐떡이며 오르고 있는 나 자신'이라고 생각하곤 했다. 흉부 수술로 한 쪽 폐를 잃고, 조금만 언덕길을 올라도 헉헉 소리를 내는 그는 이 중고차와 똑같았다.

"싫어. 난 팔고 싶지 않아."

"아니, 이제 곧 사용할 수도 없게 될 거잖아요."

"사용할 수 없게 되면…… 당신, 팔 거야?"

아내는 "당연하지 않아요?"라고 말했다. 아들도 촌스러운 차는 싫다고 말했다. 그때도 스구로는 지금과 같은 암담한 기분으로 입을 다물었다.

"그래요. 왜요?"

"잡종이라는 얘기를 들어서 부끄럽다면…… '이것은 페르시아 견이야.'라고 왜 말 못해?"

아내는 소리 내 웃어버렸고, 그 덕택에 이번에도 구우를 버려야 할 위기에서 벗어날 수 있었다.

그렇지만 정육점에서의 사건과 같은 일은 그 후에도 여러 번 일어났다. 그가 아내와 아들과 함께 산책하고 있을 때, 순종 스피츠를 데리고 나온 부인이 저쪽에서 걸어왔다. 잡종 스피츠인 구우는 꼬리를 흔들며 순종 스피츠에게 다가갔는데 어딘가 닮기도 했지만, 역시 어딘가 달랐다. 순종 스피츠는 이상한 듯 구우를 쳐다본다. 부인은 경멸하는 듯한 엷은 웃음을 흘리며 지나간다.

"아이, 창피해. 정말."

아들은 들릴 듯 말 듯 중얼거린다.

어느 날, 같이 다롄에서 사는 고모가 집에 왔다. 금색 반지를 끼고, 팔꿈치를 괴고서 권련 담배를 피우는 이 고모를 스구로는 예전부터 별로 좋아하지 않았다. 3~4일이나 집에 머물며, 엄마의 모습이 보이지 않으면 급히 소리를 죽이고 아버지와 뭔가를 속삭였다.

엔도 슈사쿠 단편 선집

황혼 녘, 그녀는 돌연 스구로의 방으로 들어왔다. 소년잡지 부록의 모형을 만들고 있던 그가 뒤돌아보자, 담배를 입에 문 채 다다미에 흩어져 있는 칼, 풀, 종이 등을 정리하면서 말했다

"세뱃돈을 주기엔 좀 이르지만, 고모가 용돈 줄까?"

경멸하는 눈으로 스구로는 고모를 바라본다. 아이 마음에도 그녀가 지금 자신에게 중대한 이야기를 하러 왔다는 것을 느낄 수 있었다.

"저기, 너는 아직 잘 모르겠지만, 엄마가 좀 일본에 돌아가게 돼서."

"왜요?"

"여러 가지 중요한 일이 있어서. 아마 2~3개월 지나면 돌아올 거야. 그래서 말인데, 너 그동안 고모 집에 와 있을래?"

스구로는 묵묵히 있었으나, 고모가 지금 자신에게 거짓말을 하고 있다는 정도는 알 수 있었다. 엄마가 일본으로 돌아가면, 어쩌면 다시 오지 않을지도 모른다는 불안이 엄습해 왔다.

"고모 집에 와 있을래? 그래, 그렇게 하자."

고모의 목소리는 부드러웠지만, 스구로가 싫다고 말할 수 없을 만큼 강력한 어조였다.

그렇지만, 고모뿐만이 아니라 엄마도 2~3개월이면 돌아온다고 약속했기 때문에 스구로의 불안은 조금 가라앉았다.

어느 날, 잠에서 눈을 떴을 때, 엄마는 이미 없었다. 아버지도 고모도 없었다. 만주인滿洲人 하녀에게 물어보니 모두가 어머니를 배웅하러 항구에 갔다고 했다. 스구로는 그때, 자신이 속았다는 것을 알게 되었다.

고모의 집에 맡겨지게 되어 짐 가방과 책가방을 들고 마차에 탔을 때, 구우가 문 앞까지 달려왔다.

"구우는 어떻게 해?"

"엄마가 돌아올 때까지 얌전히 집 지키고 있겠지."

고모는 아버지의 얼굴을 살피면서 말했다.

"가끔, 네가 만나러 오면 되잖아. 고모부가 개를 싫어해서 고모 집에는 데리고 갈 수 없어."

만주인 마부는 흥정한 가격이 맞지 않는다고 투덜대고 있었다. 구우는 그동안, 멀찍이서 스구로를 바라보고 있었다. 그가 이름을 부르자 꼬리만을 약하게 흔들고 가

엔도 슈사쿠 단편 선집

까이 오지 않는다. 말이 무서웠던 것이다. 마차가 움직이기 시작하자 구우는 뒤를 따라왔다. 그러고는 더 이상은 따라잡을 수 없다는 것을 알자, 그 자리에 우뚝 선 채로 언제까지고 이쪽을 바라보고 있었다.

자신의 어린 시절, 그때의 일을 스구로는 아들에게 한 번도 이야기한 적이 없다. 그렇지만 이전의 자신과 닮은 얼굴과 몸을 가진 아들이 마당에서 볼을 차거나, 다다미 위에 엎드려 만화를 읽고 있는 것을 볼 때면, 그는 그때 자신의 모습을 아들의 모습에서 찾으려 한다. 아니, 아들을 통해 그 시절 자신의 모습을 생각해 낸다. 아들도 언젠가는 불행이나 이별이라는 것을 맛봐야 할 때가 오겠지만, 그 시기를 될 수 있는 한 늦춰 주는 것이 부모가 해야 할 일일지도 모른다는 생각을 한다. 술이라도 마셨을 때 '너와 같은 10살 때, 아버지는……'이라고 하다가도 입을 다문다. 왜 내가 이 잡종견을 좋아하는지, 그것을 설명해 주기도 쉽지 않다.

"큰일 났어. 아빠."

어느 날, 소리치며 아들이 뛰어들어와 유리문을 큰소리로 열었다.

"암컷이래요."

"살살 좀 해."

아내는 무서운 얼굴을 했다.

"그 유리에 금 가 있으니까."

"우리 구우, 있잖아요. 암컷이래요."

"그런 바보 같은 소리. 누가 그래?"

"사다 씨네 대학생이요. 내가 수놈이라고 하니까 암
놈이래. 보장할 수 있대. 왜냐면, 이 녀석에겐 불알이
없대."

스구로가 당황한 낯빛으로 아내를 봤다. 수놈이니까
새끼를 칠 염려가 없다고 생각해 우유 가게에서 받아온
것이다. 사타구니에도 작은 혹 같은 돌기가 있었다.

"불알이 없대. 불알이."

"그런 말…… 쓰는 거 아니야."

"그럼, 뭐라고 해요?"

아내는 아들에게 큰소리로 야단을 친 뒤 남자처럼 팔
짱을 끼고선 그를 쳐다보았다.

"네? 어떻게 할 거예요? 당신."

"바보 같은 얘기야. 분명히 수놈이잖아. 당신도 그렇게 생각했잖아?"

"다시 보세요."

그는 마당으로 나와 구우를 부른다. 아내와 아들에게 결코 거짓말을 한 것이 아니었다. 스구로 자신도 구우를 이 3개월 동안, 수놈이라고 믿고 있었던 것이다. 그런데 잠깐, 이 녀석이 쭈그린 자세로 소변을 보는 것이다. 그것은 아직 새끼이기 때문이라고 생각하고 있던 것인데……

"어떻게 된 거예요?"

개의 사타구니를 살펴보고 있던 스구로에게 아내는 유리문으로 목을 내밀며 소리친다. 그는 입을 다물고 말았다. 돌기로 보인 것은 수놈의 상징이 아니었다. 게다가 대학생의 말대로 고환도 없었다.

"당신, 약속이니까 우유 가게에 돌려주고 와요."

"어떻게 그래, 3개월이나 가족처럼 지냈는데……"

"부탁이에요. 여기에다 새끼까지 태어난다면 난 감당할 수 없어요."

아내는 아들을 야단친 것도 잊은 듯 유리문을 세게 닫았다.

"아빠, 역시 돌려주는 게 좋겠어요." 아들이 위로하듯 말했다.

"제가 따라가 줄 테니까요."

어쩔 수 없이 스구로는 구우를 데리고 집을 나섰다. 저녁 안개 속에서 구우는 이쪽저쪽 전봇대에 소변을 보고, 풀숲에 코를 집어넣기도 하며, 그의 뒤를 따라온다. 스구로는 구우의 이름을 부른다. 그러자 이 잡종견은 그를 올려다보며 약하게 꼬리를 흔든다. 다롄에서 헤어지던 구우가, 슬픈 눈으로 바라보며 꼬리를 흔들면서 따라온 것처럼.

「群像」 1966년 10월호에 수록

6
일
간
의

여
행

음식점 정원의 연못에는 꽤 많은 잉어가 있었다. 외숙부가 여종업원과 뭔가를 이야기하고 있는 동안 아내와 나는 객실을 나왔다. 큰 나무에 둘러싸인 연못에는 잉어들이 떼를 지어 돌아다니고 있다. 커다랗고 검은 잉어 주위를 작은 잉어 여러 마리가 에워싸고 있다. 그중에 어떤 놈들은 서로 몸을 부딪거나 뒤틀기도 하고, 때로는 힘이 넘쳐 물 위로 튀어 오르는 놈도 있다. 연어 무리가 산란을 위해 강을 거슬러 올라가는 모습과 비슷하다.

"그럼, 자네 어머니 이야기를 소설로 쓰겠다는 거로군."

이곳 시립대학의 교수인 외숙부는 서툰 솜씨로 민물고기의 살을 발라내면서 물었다.

"지금은 아니지만, 전부터 어머니 이야기를 소설로 써야겠다고 생각하고 있었어요. 하지만……."

나는 동의를 구하듯이 얼굴에 미소를 띠며 말했다.

"관련된 사람들이 많아서요. 그 사람들이 아직 살아 있어서 아직은 쓸 수가 없어요."

"그렇겠군. 자네 어머니는 열정적인 여자여서, 우리 형제도 여러모로 영향을 받았지만, 상처도 꽤 받았지. 몇 번이나 절교했는지 모르겠네."

"하지만 어머니는…… 인생을 제대로 살았던 사람이었어. 나같이 적당히 사는 스타일은 아니었지."

그때, 내 머리에서 떠나지 않던 추억이 되살아났다. 30년 전 다롄에서의 겨울이었다. 고드름이 창에 매달려 있었다. 누워 있는 내 앞에서는 어머니가 싫증 나지도 않은 듯이 바이올린을 계속 켜고 있었다. 나는 두 시간 전에 어머니의 턱과 목이 발갛게 충혈돼 있는 것을 보았다. 손가락 끝에는 피가 맺혀 있었다. 그런데도 계속 바이올린을 켜고 있다. 말을 건네도 아무런 대답도 없다. 그때 나는 무서워졌다.

"나는 그런 성격이 못 돼."

엔도 슈사쿠 단편 선집

"나도, 내 형도 그런 면은 없어."

외숙부는 쓴웃음을 지었다.

"자네 어머니하고 자네 이모가 그랬었지."

"에이코米子 이모요? 그랬던 것 같군요."

외숙부 바로 위의 누나이자 어머니의 여동생에 관한 이야기는 나도 희미하게 기억하고 있다. 조카인 내가 이렇게 이야기하는 것이 이상하긴 하지만, 어린 마음에도 화사하고 예쁜 얼굴이라고 생각했었다. 아주 어렸을 적, 이모에게 이끌려 축제를 보러 간 적이 있었다. 이모는 내가 놀랄 만큼 여러 가지 과자를 사 주었다. 그리고 집으로 돌아가서 그 일로 어머니와 심하게 싸웠다. 그녀는 나중에 실연하여 자살했다.

"야시마屋島 절벽에서 뛰어내려 죽다니, 그런 누나가 사랑했던 사람은 도조지道成寺의 안진安珍*과 같은 기분이

---

* 역주 – 안진(安珍): 일본 와카야마 현(和歌山県)의 도조지(道成寺) 전설 속에 등장하는 인물이다. 승려인 안진을 연모하던 기요히메(清姫)가 돌아오겠다는 약속을 안진이 지키지 않자 이무기가 되어 종 안에 숨어 있던 안진을 불태워 죽였다는 전설이다. 이 전설은 원래 법화경의 힘을 세상에 퍼뜨리기 위한 이야기였으나, 근세 이후 노(能), 가부키(歌舞伎) 등으로 각색되며 슬픈 사랑 이야기로 퍼져 나갔다.

었을 거야. 보통의 남자와는 끝까지 사귈 수 없었지."

외숙부의 말이 옳다고 나는 생각한다. 이모의 연인뿐
만은 아닐 것이다. 아버지와 같은 지방 출신의 도쿄대생
에게, 우에노上野 음악학교 바이올린과 여학생인 어머니
는 눈부신 존재였음이 분명하다. 지방 출신의 도쿄대생
이었던 아버지가 어머니와 어떻게 교제를 했는지는 알
수 없다. 하지만 안전제일주의자였던 아버지로서는 결혼
후 어머니의 과격함을 견딜 수가 없었을 것이다. 나중에
아버지는 입버릇처럼 말했었다.

"평범한 것이 제일가는 행복이지. 아무 일도 일어나
지 않는 것이 제일이야."

아버지는 어머니와의 결혼 생활에 대한 반발로 그렇
게 말했던 것이다. 10년 동안 어머니에게 이리저리 끌려
다니다시피 생활한 아버지는 이혼 후, 어머니와의 과거
를 잊기 위해 확실하고 위험이 없는 삶만을 추구했다. 아
무 일도 없을 것, 평범할 것. 이것이 아버지의 지론이었
다. 그러기에 내가 문학을 하려고 했을 때 극구 반대했
던 것은 아들에게서 아내의 흔적을 다시 보는 것이 불쾌
했기 때문임이 틀림없다. 지금의 나는 아버지가 어머니

를 버린 이유를 안다. 나라도 어머니 같은 여자하고는 살 수가 없다. 그럼에도 불구하고, 나는 아버지를 미워한다. 아마도 평생 미워할 것이다.

"자네 부친은 건강하신가?"

"건강하실 겁니다. 그동안 연락을 끊고 있어서 잘은 모르겠지만요."

"그래?"

외숙부는 놀란 듯이 입으로 가져가던 술잔을 내려놓고는 나의 얼굴을 바라보았다.

"무슨 일이 있었나?"

내가 모호한 웃음을 지으며 옆에 있는 아내의 얼굴을 바라보자, 아내도 곤란한 듯이 엷은 미소를 지었다. 어머니와 닮은듯하면서도 닮지 않은 여자, 이번 여행 중에도 도쿄에 남기고 온 초등학생 아들에게 전화만 거는 여자다. 아마도 아버지가 원했을 법한 여자와 결혼을 했는데도 불구하고 왜 아버지를 용서할 수 없는지 나 자신도 알수 없다. 단 한 가지 알 수 있는 것은 어머니에 대한 어쩔 수 없는 나의 애착이다.

"아버지가 대학 시절, 어머니를 사랑한 마음은 알 수

있을 것 같은데, 어머니는 어째서 그런 남자를 사랑했을
까요?"

"그런 남자?"

외숙부는 자신의 아버지를 그렇게 말하는 나를 나무
라는 듯이 말했다.

"자네 어머니는 형편없는 자네도 사랑했었어."

"정말, 그래요."

나는 약간 부끄러워졌다. 나는 아버지를 아버지로서
가 아니라, 한 남자로서 무시하거나 거리를 두고 이야기
할 수 있다. 하지만 어머니의 경우는 다르다. 어머니는
실제보다 미화시키게 되고, 그리고 아무리 이야깃거리가
많아도 어머니를 소설 속에 등장시킬 수는 없었다.

"어머니, 몇 번이나 연애했어요?"

"세 번인가? 첫 번째는 잘 모르겠고, 자네 아버지와
또 한 사람의 경우는 조금 알고 있지. 이치고—高 학생 때
였으니까."

"아버지와의 결혼을 승낙하지 않아 가출했었다는데,
정말입니까?"

"그게 처음은 아니지. 음악학교에 못 가게 하자 가출

엔도 슈사쿠 단편 선집

했었지."

외숙부와 어머니는 오카야마 현岡山県 가사오가초笠岡町의 엄격한 의사 집안 출신이었다. 나의 어머니는 오카야마 여학교를 졸업하자 우에노 음악학교에 들어가고 싶어 했다. 그러나 외할아버지도 외할머니도 허락하지 않았다. 여학교를 졸업하고 반년이 지났을 때, 어머니는 갑자기 집을 나가 자취를 감췄다. 그리고 학비를 벌기 위해 도쿄에서 종업원 일을 했다고 한다. 이 이야기는 생전에 어머니에게 들어서 알고 있었다.

"두 번째 가출은 내 형 집에서였지. 당시 자네 어머니는 형님 부부 집에서 신세지고 있었는데, 어느 날 갑자기 사라져 버린 거야. 어디였는지는 짐작하고 있었어. 그래서 도쿄대생인 자네 부친의 하숙집을 찾아가 보니 거기 있더군."

"대단했군."

나는 자랑스러운 듯이 아내의 얼굴을 돌아보았다.

"어머니, 참 멋진 분이었어."

"하지만 당신은 그런 시어머니라서 힘들었을 거야."

"세 번째 상대는 누구였습니까?"

나는 신명이 나서 물었지만, 외숙부의 표정은 어두워
졌다.

"글쎄…… 이런 이야기를 해도 괜찮을까?"

"왜요? 비밀스러운 이야기인가요?"

"자네가 가지고 있는 어머니에 대한 이미지가 무너
질지도 몰라서. 그럼…… 이야기하지. 자네 아버지의 형
이야."

"네?"

나는 침을 꿀꺽 삼켰다. 이 사실은 이제까지 몰랐다.
나는 아버지의 형이라는 사람을 본 적이 없었다. 외국어
학교를 졸업하고 브라질로 건너가, 아마존의 오지에서
개척 사업을 하다가 행방불명되었다는 이야기를 들은 적
은 있었다.

"브라질로 간 큰아버지 말입니까?"

"그래. 자네 어머니도 그 뒤를 따라 브라질로 가려고
했었지. 하지만 이런저런 사정으로 그만두었어."

"아버지가 그 일을 알고 있었습니까?"

"알고 있었지."

평범한 것이 제일가는 행복이라고, 아무 일도 일어나

지 않는 것이 인간에게 첫째가는 행복이라고 입버릇처럼 말하던 아버지의 가늘고 긴 얼굴과 작고 소심해 보이는 눈이 머리에 떠올랐다. 외숙부의 이야기를 듣자 아버지가 입버릇처럼 하던 그 말을 알 것 같았다.

"큰아버지는 왜 브라질로 갔나요?"

"아마 자네 아버지에게 미안해서일 거야. 아니, 그보다도 기요히메에게서 도망친 안진의 심정이었는지도 모르지. 남자를 사랑할 때도 누이들은 언제나 열정적이었어. 자네 어머니도 대단한 여자였지. 어떤 일이 있어도 해내고야 마는 그런 성격이었지."

"그래요. 하지만 상대방인 남자들로서는 견디기 힘들었겠군요."

나는 어머니와 함께 지낸 5년간을 떠올리며 중얼거렸다. 아버지와 헤어져 다롄에서 고베로 돌아온 후 5년 동안, 나는 어머니와 둘이서 생활했다. 그 5년 동안 어머니는 가톨릭 신앙을 자신의 삶으로 받아들이기 시작했다. 그녀는 나도 세례를 받게 했다. 그리고 매일 새벽, 어떤 일이 있어도 아침 미사에 가게 했다. 다른 아이들이 아직 따스한 이불 속에서 잠들어 있을 1, 2월의 새벽, 나는 어머니와 함께 컴컴하고 얼어붙은 길을 반 시간이나 걸어서 새벽 미사에 다녔었다. 차가운 교회 안에서는 프랑스 신부가 미사를 올리고 있었고, 우리 모자를 제외하고는 노인 두 명이 기도하고 있을 뿐이었다. 이러한 생활은 열두 살 소년인 나에게는 상당히 힘든 일이었지만, 어머니는 빠지는 것을 용납하지 않았다.

"그래. 그녀들 옆에 있던 남자들로서는 견딜 수 없었던 거야."

"하지만 외숙부도 우리 어머니를 사랑하고 있겠지요?"

"그럼. 지금 와서는 그립지."

그날 밤 아내와 숙소로 돌아와, 잠자리에서 나는 아내에게 처음으로 물었다.

"우리 어머니에 대해서 어떻게 생각해?"

우리가 결혼하기 2년 전에 어머니가 돌아가셨기 때문에 아내는 어머니를 본 적이 없다.

"글쎄요. 어머니와 같은 생활 방식…… 부럽기는 하지만, 나로서는 도저히 따라 할 수 없을 것 같아요."

"어째서?"

"한 사람을 행복하게 할지는 모르겠지만, 다른 사람을 그만큼 상처 입히잖아요. 역시 나 같은 사람은 그것을 못 견뎌 할 거예요."

술을 마신 탓인지 눈꺼풀 안쪽에서 빨간 불꽃과 같은 것이 움직인다. 어머니의 삶에도 붉게 타오르는 불꽃이 있었다. 그 누구라도 그 불꽃에 닿으면 인생의 흔적을 남겼는데, 타오르다가 아버지처럼 초라한 재로 남는 사람이 있는가 하면, 그 불꽃으로 인해 붉게 타오르는 사람도 있다.

다음 날, 기차 안에서 나는 어머니를 주인공으로 한 소설을 구상하고 있었다. 그러나 당분간은 그 이야기를 쓸 수 없을 것이다. 그녀가 스쳐 간 몇몇 사람 가운데 외숙부가 모르는 사람들이 있는데, 그 사람들이 아직 살아 있다. 그뿐만 아니라, 내가 소설가가 되자 아버지는 당신이나 집안에 대한 이야기는 절대로 쓰지 말라고 했다. 그런 약속을 한 이상, 아버지와 의절한다 할지라도 쓸 수 없는 것이 있었다.

후쿠오카福岡에서 나가사키長崎로 향하는 기차는 바닷가를 달리고 있었다. 비가 내리고 있었고, 바다에는 하얀 파도가 거품을 일으키고 있었다. 피서용 방갈로가 보이고, 소나무 방풍림이 계속 이어져 있다.

"이곳은 바람이 세차네요."

아내가 말했다.

"가지들이 이쪽을 향하고 있어요."

아내의 말대로, 키 작은 소나무 숲의 나뭇가지는 모두 바다 반대 방향을 향하고 있었다. 줄기도 잎도, 모두 먼지와 모래를 뒤집어써서 뿌옇다. 비에 젖은 모래사장에는 트럭 한 대가 멈춰 서 있고, 두세 명의 남자가 자갈을 퍼 올리고 있다.

"이 소나무들, 모두 어머니와 마주쳤던 사람들 같군."

어젯밤에 아내가 중얼거렸듯, 어머니는 자신의 주변 사람을 행복하게도 했지만, 상처 입히기도 했다. 적어도, 당신의 불꽃으로 상대방 인생에 흔적을 남겼다. 만일 그녀를 몰랐다면 그 사람의 인생은 달라졌을지도 모른다. 겨울비를 머금은 바람이 소나무 가지의 방향을 틀어버렸듯이 어머니는 주위 사람들의 삶의 방향을 바꾸었다.

"나는 안 돼! 그럴 수가 없어."

나는 혼잣말을 하고는 고개를 흔들었다. 아내도 그렇지만, 나도 그러한 생활 방식은 견딜 수 있을 것 같지 않았다. 오랫동안 나는 인간의 업이라든가 죄라고 하는 것은, 한 사람이 다른 한 사람의 인생에 결정적인 영향을 미치는 거라고 생각해 왔는데, 어쩌면 그것은 내 어머니의 생활 방식을 보아온 탓인지도 모른다. 내게 영향을 주는 상대는 아내와 아이만으로도 충분했다. 내가 소설가이면서 이제까지 상식적인 삶을 선택해 온 것도 어쩌면 그 때문일 것이다.

나가사키에서 볼 일을 마친 뒤 비행기를 타고 오사카大阪로 향했다. 바로 도쿄로 돌아오려던 계획을 이틀 늦추어 오사카에 들르기로 한 것은, 내가 어린 시절 어머니와 살았던 곳을 아내에게도 보여주고 싶었기 때문이다. 그리고 3일 전에 외숙부가 나에게 처음으로 이야기해 준, 어머니의 세 번째 애인이었던 큰아버지에 대해 알고 싶었기 때문이다. 사촌 동생은 오사카에 살고 있는데, 거의 연락을 끊고 있었다. 특히 내가 아버지와 연을 끊은 이후로는 아주 남처럼 되어버렸다.

몇 년 만에 보는 한신 지역은 어린 시절과는 완전히

달라져 있었다. 특히 뒤쪽의 롯코六甲산맥은 심하게 훼손되어 하얗게 등성이를 드러내고 있었다. 도쿄와 마찬가지로 이곳도 불도저로 여기저기를 깎아내고 있다.

우리 모자가 살던 집은 아직 그대로 남아 있었지만, 그곳도 옛날 모습은 아니다. 공터였던 곳에는 같은 스타일의 공단 주택이 늘어서 있었고, 전에 있었던 소나무 숲은 잘려나가 파친코 가게나 의원이 늘어서 있었다. 바뀌지 않은 것은 도로뿐이었다.

"이 길로 해서 매일 새벽 교회에 다녔던 거야."

라고 나는 아내에게 설명했다.

어머니는 내가 일어나기 한 시간 전에 일어나 준비를 끝내고, 자신의 방에서 로사리오 기도를 하고 있었다. 내 방은 어머니 방 옆이었기 때문에 어두운 등불이 켜지고, 어머니가 기도하는 그림자가 비쳤다. 나는 한숨을 쉬고, 느릿느릿 옷을 갈아입고 아래층으로 내려간다. 겨울 같은 때, 아직 어둠이 깔린 바깥에 나서면 길은 서리로 얼어붙어 있다. 교회는 집에서 도보로 30분 거리에 있는데, 가는 도중에 어머니는 거의 아무 말도 하지 않았다. 기도하고 있는 것이다. 나는 졸음과 싸워가면서 간신히 도착해서는 꼼짝하지 않고 앉아 있다. 때때로 졸고 있을 때면 어머니의 단단한 팔꿈치가 찌른다. 프랑스 신부가 제단에 몸을 굽히는 모습이 벽에 비친다. 일요일은 제법 신자들이 많이 모이지만, 평일 미사에 참여하는 사람은 어머니와 나 외에는 신부를 돌봐주고 있는 노인 두 사람뿐이었다.

"힘들었겠네요."

아내는 미소를 지으면서 말했다.

"그렇게 일찍 일어나는 건, 지금의 당신으로서는 상상도 못 할걸."

"잘 견뎌냈네요."

우스운 이야기일지 모르겠지만, 그즈음은 나도 지금과는 달리 순수한 믿음이 있었고, 훗날 신부가 되려고 생각했었다. 물론 그것은 어린 시절의 일시적인 감상에 지나지 않았지만, 적어도 그 당시 어머니는 이 세상에서 제일가는 것은 성스러운 세계라고 내게 주입하려 했다. 그 옛날, 남자들에 의해 채워지지 않았던 마음을 채우기 위해 신에게로 향하기 시작한 어머니는 다른 사람의 도움 없이 혼자서 종교 음악을 배웠다. 몇몇 가톨릭계 여학교에서 음악을 가르치던 그녀의 생활은 그리 곤란하지 않았고, 학교보다는 그레고리안 성가 공부에 힘을 쏟았다. 때때로 오사카나 고베에서 열리는 음악회에 나를 데리고 간 적이 있었는데, 돌아오는 길에 어머니는 늘 무시하듯이 말했다. "그건 테크닉일 뿐이야. 그 사람들, 제일 중요한 것을 모르고 있어." 어머니가 가장 존경하는 음악가는 음악학교에 다니던 시절에 자신을 지도해 주었던 고다 로한幸田露伴*의 여동생인 안도 고安藤幸라는 사람뿐이었다.

"저것 봐."

나는 근처의 집 가운데서 낡아빠진 몇몇 집을 가리키며 아내에게 말했다.

"믿지 못하겠지만, 저 집도 이 집도, 모두 어머니가 신자로 만들었어."

우리가 이곳에 살았을 때, 이 주변은 집이 스무 채 정도밖에 없었는데, 대부분이 중류 샐러리맨 가정으로, 남자들은 여기서 고베나 오사카로 출퇴근하고 있었다. 동

---

* 역주 - 고다 로한(幸田露伴, 1867~1947): 일본의 소설가이자, 문예평론가다.

네 여인들은 처음에는 매일 아침 일찍 일어나 교회에 가는 우리 모자를 수상쩍은 눈으로, 한편으로는 호기심에 찬 눈으로 바라보았다. 그러던 중 한 사람이 딸에게 바이올린을 가르쳐 달라며 어머니에게 부탁하러 왔다. 그러면서 서서히 이 사람, 저 사람과 교류가 시작되다가 이윽고 그들은 어머니와 함께 성당에 가게 되었고 2, 3년 후에는 세례를 받기 시작했다. 그리고 부인들에 이어 남편들 중에서도 신부를 소개해 달라고 하는 사람이 생겼다. 하지만 이렇게 되기까지는 어려움이 많았다. 어머니는 그들에게 그리스도교를 전하기 위해 필사적으로 이리저리 뛰어다녔던 것이다. 어머니가 돌아가셨을 때, 그들 중에는 일부러 도쿄까지 와 준 이도 있었고, 장례식이 끝난 후 묘지까지 동행한 사람도 있었다.

"그 사람들 가운데 세 사람은 벌써 세상을 떠났지."

"그럼, 성묘하고 가요."

아내가 말했다.

"당신, 어렸을 적에 그분들에게도 신세를 많이 졌을 테니까요!"

가톨릭 묘지는 그 당시 내가 다니던 성당 가까이 있

다. 나는 아내의 말이 지당하다고 생각했다. 30년 전에, 말 그대로 샛별을 등지고 우리 모자가 다니던 그 길 양옆에 이제는 집들이 잔뜩 들어섰지만, 프랑스 신부가 혼자 몸을 구부리며 미사를 올리던 교회도, 묘지도, 옛날 모습 그대로 남아 있다. 어머니는 내가 도쿄의 가톨릭 묘지에 모셨지만, 그 프랑스 신부도, 그리고 어머니에 의해 교회에 나오게 된 세 사람도 이곳에 잠들어 있다.

묘지 한가운데는 볼품없는 루르드Lourdes 성모상이 있고, 그 성모상을 중심으로 나무와 돌로 된 묘비가 늘어서 있었다. 묘지 한쪽에서는 작은 회오리바람이 일어나 먼지를 말아 올리고 있었다. 나는 먼저 프랑스 신부의 묘 앞에서 손을 합장하고, 그리고 U 씨 부부와 K 씨의 묘 앞에 섰다.

"여기 잠든 분은 아버지처럼 귀여워해 주셨어."

"그랬어요?"

야마시타 선박 회사의 사원이었던 U 씨의 묘에는 '베드로'라는 세례명이 새겨져 있다. 그는 처음에 자기 아내가 교회에 나가는 것을 심하게 반대했었다. 하지만 아내가 세례를 받고 나의 어머니와 함께 일요일 미사에 나가게 되자, U 씨도 때때로 함께 가게 되었던 것이다. 이들 부부는 5년 전에 차례차례 세상을 떠났는데, 내가 아내를 잃은 그에게 편지를 보내자 다음과 같은 답장을 보내온 적이 있다.

"만일 자당께서 가까운 곳에 살지 않으셨다면, 나도 아내도 다른 삶을 살았을 것입니다."

거무스름해진 화강암으로 된 묘비를 바라보자, 갑자기 그 편지 내용이 떠오른다. 그저께 본 바닷가의 방풍림, 바람에 뒤틀려 가지의 방향이 육지 쪽으로 향해 있던 소나무들. 어머니는 U 씨 부부나 K 씨뿐만이 아니라, 이곳에 사는 많은 사람들의 삶의 방향을 바꾸어 그리스도를 믿게 했던 것이다. 그리고 그들의 자녀들 가운데는 신학생이 되어 유럽에서 유학하고 있는 이가 있는가 하면, 트라피스트 수도원의 수녀가 된 이도 있다(나는 아내 이외에는 누구에게도 그런 엄청난 일을 할 수 없었다).

그날 오후에 큰아버지의 남은 혈육을 찾아가기로 했다.

"갑자기 찾아가서, 불편하게 하는 게 아닐까요?"

아내는 염려했지만, 나는 고개를 저었다.

"어쩔 수 없지. 오직 한 가지, 나는 어머니가 다른 사람에게 남긴 흔적을 꼭 보고 싶을 뿐이야."

나는 호텔에서 큰아버지의 아들인 고이치耕一에게 전화를 걸었다. 허물없이 고이치라고 했지만, 제대로 말한다면 고이치 씨耕一さん라고 해야 할 것이다. 하지만 이 사촌에게는 혈연이라는 친밀감도, 보고 싶은 마음도 생기지 않는다. 그동안 전혀 왕래가 없었기 때문이다.

"어쩌다가 그렇게 됐어요?"

"어쩌다가라니? 결국 아버지가 왠지는 모르지만, 옛날부터 그 가족과는 거리를 두고 지냈기 때문이야. 그 이유를 모르는 게 아니지. 나도 지금에 와서 알게 되었지만……."

전화를 받은 사람은 고이치가 아니라 그의 아내였다. 그녀의 가라앉은 목소리를 들으며, 나는 얼굴빛이 검푸르죽죽하고 목에 더러운 붕대를 감은 여자를 상상했다.

"병원에 입원했는데요."

"병원에요?"

"폐가 나빠져서요."

나는 주소를 물어, 아내에게 과일 바구니를 사게 하

108   엔도 슈사쿠 단편 선집

고는 고이치가 입원한 병원을 찾아갔다. 저녁이 가까워진 거리에는 저녁 햇살이 비치고 있었고, 트럭이나 자가용으로 혼잡한 거리는 나를 안절부절못하게 했다. 이런 일은 드물다며 택시 운전사는 계속 변명을 했다.

고이치는 그다지 깨끗하지 않은 시립병원 2층에 입원해 있었다. 병실 밖 도로에서 아이들의 노랫소리가 들려온다. 갑자기 찾아간 나를 보고 놀란 그는, 아무리 누워 있으라고 당부해도 부은 갈색 얼굴을 들고 일어나, 침대 위에 앉아 어쩔 줄 몰라 했다.

"이따금, 오사카에 오십니까?"

그는 낮은 목소리로 물었다.

"아니, 좀처럼."

내가 수화기를 통해 들은 그의 아내의 가라앉은 윤기 없는 목소리를 떠올리며 답하자 고이치는 묵묵히 가져간 과일 바구니를 바라보았다.

"큰아버지, 돌아가시고 벌써 몇 년이 되었나?"

"30년 됩니다."

"그럼, 고이치가 어렸을 때였군. 시신은 결국 못 찾았나?"

"네. 술을 잡숫고 원시림에 들어가셨기 때문에."

큰아버지는 주위 사람들이 아무리 만류해도 술을 그만두지 않았다. 고이치는, 그것도 좋은 술이 아니라 말년에는 원주민들이 먹는 독한 술을 들이켜서 결국은 위가 상해버렸다고 말했다. 그리고 그날도 술에 취해 원시림으로 들어갔는데, 길을 잃은 것은 그 때문일 것이다. 그는 한 번도 일본에 돌아오지 않았는데, 그 자신이 돌아오고 싶지 않다고 늘 말했다고 한다.

"어머니가 아무리 일본으로 돌아오라고 해도 싫다고 우겼습니다."

나는 살며시 고이치의 누런 얼굴을 살폈다. 그 표정에는 별다른 변화가 없었다. 그는 자신의 아버지와 내 어머니의 사건을 모르는 듯했다. 왜냐하면, 큰아버지는 브라질에 가서, 그 당시 상파울루의 일본 음식점에서 종업원으로 일하던 큰어머니와 결혼했기 때문이다.

나는 몸조심하라며 어두워진 병실을 나왔다. 침대 위에 몸을 똑바로 하고 앉아 있던 고이치는 양손을 무릎 위에 올리고 마음이 놓인다는 듯 가볍게 머리를 숙였다. 나는 병실을 나오다가 때마침 식사를 갖고 오던 간호사와 부딪칠 뻔했다.

크레졸 냄새가 밴, 해가 저문 계단을 내려오면서 나는 뚜렷한 확증은 없었지만, 어머니로 인해 불행하게 된 한 남자의 얼굴을 떠올렸다. 그는 브라질에서 술을 먹고, 동생 부부가 있는 일본에는 돌아가지 않겠다고 말했었다. 그러고는 원시림 속에서 행방불명되었다. 물론, 그것은 어머니의 탓이 아닐지도 모른다. 그러나 어머니 탓이라고 할 만한 증거는 없지만, 반대로 그렇지 않다고 할 증거도 없다. 이를테면, 어머니가 아니었더라면 큰아버지는 브라질 같은 데는 가지 않았을 것이고, 행복한 결혼을 하고, 조용한 말년을 보내고 있었을지도 모른다. 그리고 아들인 고이치도 파산 직전의 음식점 같은 것을 하지 않고, 대학을 나와 착실한 샐러리맨으로 살아가고 있었을지도 모른다. 바람은 이 한 그루의 나무도 뒤틀고, 그 가지도 틀어 버렸다. 야시마의 절벽에서 뛰어내린 에이코 이모가 사랑했던 남자는 지금 어떻게 살아가고 있을까? 그런 이모의 언니인 어머니, 그 어머니가 기를 쓰고 사랑한 큰아버지가 아무런 영향도 받지 않았다고는 생각할 수 없다.

다음 날은 일요일이었다. 우리 부부는 미사 참례를 하러 그 교회에 갔다. 아내가 볼 때는 고딕식을 본 딴 첨 탑이나 십자가가 있는 그저 평범한 교회겠지만, 그 벽과 정원의 협죽도에는 나의 어린 시절 추억이 배어 있다. 내가 겨울 아침에 곱은 손을 호호 불면서 밀고 들어서던 교회 문도, 어머니 몰래 졸던 기도석도 그대로다. 달라진 것은 새처럼 야윈 그림자를 벽에 비추며 제단에 몸을 구부리고 있던 프랑스 신부 대신에, 젊은 일본인 신부가 미사를 올리고 있는 것이다. 내가 모르는 얼굴들, 나를 모르는 얼굴들이 좌석을 가득 메우고 있었고, 학생들이나 젊은 여성들이 어머니가 좋아했던 그레고리안 성가를 부르고 있었다. 아이를 데리고 온 샐러리맨 부부들, 제복을 입은 자위대원도 그 속에 섞여 있다. 그들 속에서 나는 아는 사람이 있는지 찾아보려 했다.

아는 사람도 분명 있었겠지만, 멍청하게도 나는 내가 나이를 먹었듯이 그들도 나이를 먹어 노인이 되었다는 것을 깜빡 잊고 있었다. 그들이 영성체를 하고, 눈을 내리뜨고 자리로 돌아가고 있을 때, 나는 그 사람이 T 씨이고, N 씨와 그의 부인이라는 것을 알아차렸다. 그 당시는 지금의 나보다도 젊은 사람들뿐이었고, 그들을 처음으로 이 교회에 인도한 것은 바로 어머니였다.

"아니, 이게 누구야?"

미사 후, N 씨의 부인은 앞에 서 있는 나를 올려다보고는 주름 많은 얼굴에 웃음을 가득 띠었다. 나를 둘러싼 T 씨와 N 씨, K 씨는 내 어깨를 다독거리기도 하고 손을 잡기도 했다.

"텔레비전에서 모두 봤어요. 당신이 나오는 텔레비전 프로는 늘 보고 있어요."

N 씨의 부인은 얼굴을 붉히고 있는 나의 손을 잡은 채, 들으라는 듯이 모두에게 큰 소리로 말했다.

"어머니가 살아계셨다면 얼마나 좋아하셨을까! 정말 텔레비전에 나올 정도가 됐으니!"

합창을 하던 학생들과 젊은 여성들이 그런 나를 멀리서 싱글벙글 웃으며 바라보고 있었다. 나는 T 씨와 N 씨의 나이 든 얼굴 속에서, 부풀어 오른 눈두덩과 주름 잡힌 뺨에서, 어머니가 남긴 흔적을 찾아보려 했다. 이 사람들 마음속에 그리스도의 빛을 불어넣어 준 것은 바로 어머니였다. 한편, 어머니가 살아생전 자신이 아니었다면 비참해지지 않았을 다른 사람들에 대해서 어떻게 생각했을지 생각해 보았다.

도쿄로 돌아와서 보름 정도 지난 어느 날, 나는 차를 몰고 시부야를 지나고 있었다. 가미도리上通り 근처에 왔을 때, 가는 비가 내려 앞 유리를 적시기 시작했다. 나는 미끄러질 것을 염려하여 속도를 줄이고, 천천히 도오겐자카道玄坂를 내려가기 시작했다. 그때 중절모를 쓴 노인이 이슬비 속에서 택시를 잡으려고 기다리고 있는 모습이 눈에 띄었다. 아버지였다. 의절한 후로는 얼굴을 보고 싶지도 이야기를 듣고 싶지도 않았지만, 지난 5년간 상당히 야위어 양어깨가 홀쭉해 보였다. 갑자기 가슴 밑바닥에서 연민의 정이 치밀어 올라왔다(연민 이외의 감정은 느끼지 못했다). 하지만 그 감정을 억누르듯이 나는 액셀을 힘껏 밟았다. 차는 길 가장자리에 서 있는 아버지 옆을 지나쳤다. 순간, 중절모를 쓴 그의 몸이 가까이 보였지만 곧 시야에서 사라져 버렸다.

「群像」 1968년 1월호에 수록

노
방
초

부부는 오른손에 무거운 가방을 들고 땀을 닦으며 예
루살렘 공항 구내를 빠져나갔다. 하얀 햇살이 먼지투성
이의 작은 대합실에 내리쬐고 있다. 대합실 안에는 칠이
벗겨진, 긴 목제 의자 두 개가 있을 뿐이다.

"이제부터 어떻게 할 생각이야?"라며 남편은 아내를
돌아보았다.

"동네 같은 건 없잖아?"

그의 말대로, 여기에서 보이는 풍경은 오른쪽도 왼
쪽도 숨 막힐 듯한 갈색의 산뿐이었다. 직사광선이 내리
쬐는 민둥산에는 하얀 바위와 잿빛의 관목이 점점이 흩
어져 있고, 바라보고 있기만 해도 숨이 막힐 듯한 느낌
이다. 그 위로 섬뜩한 느낌이 들 정도로 하늘이 새파랗

다. 손가락을 넣으면 손가락마저 파랗게 물들어 버릴 듯
하다.

"택시도 버스도 없어."

"먼저 내린 손님이 타고 갔겠지요. 곧 돌아올 거
예요."

아내의 느긋한 말투에 남편은 점점 화가 난다(자기 때
문에 다른 사람이 고생한다는 것도 모르고……). 지난 2개월
간의 외국 여행으로 그는 완전히 지쳐 있었다. 일본에 있
을 때와는 달리, 파리에서도 런던에서도 영어 한마디 하
지 못하는 아내를 대신해서 모든 것을 다 처리해야 했기
때문이다. 처음 얼마간은 둘이서 사이좋게 이곳저곳 명
소를 돌아다녔는데, 여행이 끝날 무렵이 되자 사소한 일
로도 화를 내기 시작했다.

"이런 데 올 필요가 전혀 없었어."

남편은 우리에 갇힌 짐승처럼 대합실을 이리저리 돌
아다니며 더러운 벽에 끼워 넣은 코카콜라 광고를 몇 번
이고 읽었다. "세계 어디서나 코카콜라." 갈색 병을 움켜
쥔 여자가 웃으면서 이쪽을 바라보고 있다. "세계 어디
서나 코카콜라."

"지저분한 나라야. 아무것도 없잖아. 택시는 왜 안 오지?"

아내는 그런 남편과 상대하지 않으려 일부러 하품을 크게 하며 핸드백에서 그림엽서를 꺼내 보고 있다. 로마에서 산 그림엽서다. 사실 두 사람은 로마에서 도쿄로 바로 돌아갈 예정이었는데, 아내가 일정을 바꿔 예루살렘에 잠깐 들르자고 했던 것이다.

"당신은 어떨지 몰라도, 나는 다시 올 수 없잖아요. 무슨 일이 있어도 들르고 싶었어요."

로마에는 매일 이슬비가 내리고 있었다. 부부는 여관에서 우산을 빌려 성 베드로 대성당이나 카타콤을 돌아다녔다.

"예루살렘에는 별거 없어. 무엇보다도 돈이 다 떨어졌다고."

"어차피 비행기가 베이루트에 들르잖아요. 하루 늦추면 베이루트에서 예루살렘을 돌아 다음 날 귀국할 수 있고, 못 보면 손해잖아요. 비행기 요금도 같고요."

남편은 이미 매일 익숙지 않은 영어를 쓰는 데 지쳐 있었다. 하루라도 빨리 일본으로 돌아가 신경 쓰지 않고 말을 하고 싶었다. 아내가 원해서 여기까지 오기는 했지만, 벌거벗은 바위산을 보기만 해도 화가 치밀어 올랐다. 만일 일정대로 베이루트에서 도쿄행 비행기를 탔다면, 지금쯤 일본인 스튜어디스에게 일본 주간지라도 달라고 해서 다리를 쭉 펴고 읽고 있을 것이다.

"요즘 일본에서는 파리나 로마에 갔다 왔다고 해봐야 알아주지도 않아요. 예루살렘에 갔다 왔다고 하면 몰라도."

아내는 변명이라도 하듯 말했다.

"성심수도회의 수녀님들도 분명히 기뻐할 거예요. 게이코에 대한 평판도 좋아질 거구요."

딸인 게이코는 성심중학교에 다니고 있는데, 아내는 그것을 자랑스러워하고 있다. 학부형 사이에서도 예루살렘에 다녀온 이는 거의 없다. 수녀님들은 단순해서 예루살렘에 다녀왔다고 하면 더 알아줄 것이다. 아내의 그런 설명에 남편도 예루살렘에 들르는 것을 승낙하지 않을 수 없었다.

낡아 고물이 된 '포드 자동차'가 민둥산 맨 아래쪽을

엔도 슈사쿠 단편 선집

돌아 아스팔트 길을 꽤나 달렸는데도 아직 예루살렘은 보이지 않는다. 보이는 것은 여전히, 바위와 내리쬐는 햇살 그리고 이따금 지면에 검은 그림자를 드리우고 있는 흙으로 지은 집이 도로 양측에 있는 정도다. 야윈 손으로 핸들을 붙잡고 있는 운전사가 때때로 뭐라고 말을 거는데, 무슨 말인지 알아들을 수 없다. 남편은 교통공사의 안내서를 꺼내어 예루살렘에서 저렴할 것 같은 호텔을 찾았다. 남은 돈도 얼마 안 되기 때문에 홍콩에서 사려고 생각한 선물은 단념해야겠다고 생각했다.

"동네예요."

아내가 쿡쿡 찔러 얼굴을 들자, 민둥산과 민둥산 사이에 위치한 작은 동네가 눈에 들어왔다. 중근동의 마을들이 그러하듯 이곳에서도 집들은 하얗고, 커다란 회교사원만이 금빛으로 빛나고 있다. 1시간이면 모두 구경할 수 있을 듯한 작은 동네였다. 하치오지八王子보다도 작을 것이다.

"여기로 가 줘요."

그는 운전사에게 호텔 이름을 알려주었다. '셰퍼드(목자) 호텔'이라는 예루살렘 분위기를 느끼게 하는 이름이었다. 운전사는 한쪽 손을 들고 알았다는 표시를 하더니, 아스팔트 도로에서 먼지가 이는 비포장도로로 차를 몰았다. '예루살렘이 초행길이라고 생각해 멀리 돌아갈 심보로군.'이라고 그는 생각했지만 어쩔 수가 없었다.

휴가철이 아닌 호텔에는 손님이 거의 없었다. 호텔이라고 하지만 올리브 냄새가 벽에도 탁자에도 배어 있는 식당과 2층에 일곱 개의 방이 있는 정도였다. 창을 열자 정원에는 앙상한 협죽도에 시든 꽃이 매달려 있다. 아까 멀리 보이던 회교 사원이나 어수선한 집들이 계곡 하나를 사이에 두고 언덕바지에 웅크리듯 늘어서 있다. 황혼의 햇살이 사원 지붕에 반사되고 있다.

"이거 봐."

침대 위에 지도와 안내서를 펼쳐 놓은 남편이 얼굴을 들며 말한다.

"바보 같은 짓을 했어."

"무슨 일인데요?"

예루살렘은 요르단 지역과 이스라엘 지역으로 분열돼 있다. 요르단 쪽에서 들어간, 그들과 같은 여행자는

엔도 슈사쿠 단편 선집

이스라엘 쪽으로 들어갈 수가 없다. 두 나라가 지금 교전 상태기 때문이다.

"예루살렘의 볼만한 데는 모두 저쪽에 있어. 한심하군."

양복을 입은 채로 안내서를 베개로 삼아 침대에 대자로 누워 아내에게 투덜거리기 시작했다. '잘 알지도 못하는 주제에 제멋대로 하니까 일이 이 모양이다', '이렇게 난징南京처럼 지저분한 거리에서 내일 하루 어떻게 할 생각이냐' 등등 이야기를 해대던 그는 아내가 울음을 터트릴 듯하자 한층 쾌감에 사로잡혔다.

"당신은 편하겠지. 패스포트부터 세관 수속에 이르기까지 모두 나한테 맡기고는 당신은 하품이나 하고 있잖아."

"그렇게 이야기하면 나도 할 말이 있어요."

최근 2주 동안 매일 반복되는 말다툼이 다시 시작된다. 부부끼리 외국 여행을 하면 달리 이야기 나눌 상대가 없는 만큼 지나치게 상대방에게 화를 내게 된다. 하지만 달리 의지할 사람이 없기 때문에 적당히 타협해서 끝내야 한다.

"흥, 성심회 수녀들의 환심을 사기 위해 이렇게까지 해야 하나?"

"게이코를 위해서지, 환심을 사기 위해서가 아니에요."

말다툼은 딸을 성심중학교에 입학시켰던 7년 전 일로 거슬러 올라갔다. 남편은 허영심이 많은 여자라고 해대고, 아내는 아내대로 가정일에 대해 조금도 관여하지 않는다고 그를 몰아붙이기 시작했다.

"이제 됐어. 이 예루살렘까지 와서 쓸데없는 이야기 듣고 싶지 않아."

길가의 익은 살구처럼 커다란 저녁 해가 저물기 시작했다. 사원에서 모기 떼가 우는 듯한 합창 소리가 저녁 바람을 타고 들려왔다. 회교도들의 저녁 기도 소리인 것이다. 그 기도 소리에 섞여 재즈 소리가 희미하게 울려 퍼졌다. 별 볼 일 없는 곳이라고 남편은 생각한다. 하치오지보다도 작다. 내일 오전 중이면 전부 구경을 끝낼 수 있을 것이다. 하긴 그것도 뭔가 볼 거리가 있을 경우의 이야기지만……

아직 주위가 환한데 저녁 식사 준비가 되었다고 뚱뚱

한 남자가 알려왔다. 식탁보에는 올리브 기름 얼룩이나 파리를 때려잡은 흔적이 남아 있었다. 종업원 역할은 뚱뚱한 남자의 아내가 한다. 부부 둘이서 근근이 이 호텔의 모든 일을 처리하고 있는 듯하다. 아무 말도 하지 않은 채 맛없는 고기를 씹으며, '만일 자신이 혼자 왔더라면 더 좋은 일류 호텔에 묵을 수 있었을 텐데.'라고 남편은 생각했다. 그러나 작은 병의 포도주를 마시면서 화가 났던 것이 조금씩 가라앉으며, 이제까지 그러했듯이 부부싸움을 계속 해봐야 별 수 없다는 생각을 한다. 어스름한 정원에 협죽도가 희끄무레하게 보였다.

"밖에 나가 담배 한 대 피우고 올게. 당신은 어떻게 할래?"

아내는 안됐다는 듯이 잠시 웃음을 짓더니 밖으로 따라 나왔다. 같은 예루살렘이라도 이스라엘 쪽에는 네온사인이 화려한데, 이 요르단 쪽은 등불의 수도 얼마 안 된다. 바보처럼 잘못 온 것이다.

어쩔 수 없어 호텔 앞에 서서 담배를 피워대면서 맞은편의 올리브 숲과 저녁 안개에 완전히 싸인 민둥산을 바라보았다. 지도를 찾아보니 그 올리브 숲이 겟세마니

Gethsemanei 동산이다. 지금 자신들이 서 있는 도로는 올
리브 길인듯 하다.

별이 뚜렷하게, 손에 잡힐 듯 가깝게 보인다. 어둠 속
에서 군대의 나팔소리가 멀리서 들려온다.

다음 날, 지도를 들고 올리브 길을 걸어 내려가자, 먼
저 눈에 띈 것은 오래된 성벽이었다. 성벽은 마을을 에워
싸고 있었으며, 군데군데 커다란 문이 나 있었다. 문 옆
에서는 여러 색깔의 과일이나 항아리를 땅바닥에 늘어놓
은 행상인들이 큰소리로 손님을 부르고 있다. 그 사이를
양이나 당나귀 무리가 방울 소리를 내면서 지나가고, 얼
굴을 검은 천으로 가린 여자들이 쭈그려 앉아 뭔가를 먹
고 있다.

"마치 만주 거리 같군."

학도병으로 다롄에 있었던 그는, 뤼순旅順이나 진저
우金州에서 이곳과 같이 악취가 나는 거리를 걸었던 것을
떠올리며 아내에게 말했다.

"너무 가까이 가지마. 빈대 옮아."

어젯밤, 호텔 앞으로 보이던 거무스름한 숲이 가까워

엔도 슈사쿠 단편 선집

졌다. 몇백 년 된 듯한 올리브 나무가 나란히 심어져 있다. 입구에는 두세 대의 캐딜락이 서 있고, 미국인 관광객이 8mm 영상을 계속 찍고 있었다. 영어로 된 표찰을 올려다보며 남편은 아내에게 읽어준다.

"겟세마니 동산이군. 예수가 붙잡히기 전에 여기서 기도했다고 쓰여 있어. 특별히 볼거리는 없을 거야."

안쪽에는 뭔지 알 수 없는 하얀 건물이 세워져 있는데, 건물 주위에는 거지 행색의 행상들이 미국인 여행객에게 몰려들어 토산품을 강매하고 있었다.

"다녀갔다는 증거로 사진 좀 찍어두죠."라고 아내가 말했다.

"여하튼 왔으니까. 거짓이 아니잖아요."

부부는 어제 다툰 일도 완전히 잊고 있었다. 올리브 숲 앞에 아내를 서게 하고, 카메라를 들여다보니 웃음을 짓고 있는 아내의 얼굴에 햇살이 정면으로 내리쬐고 있다. 이것을 딸에게 쥐여 보내면 성심회의 수녀들에게 선물이 될 거라고 생각한다.

숲 위에는 예수가 승천했다고 하는 장소가 있고, 큰 발자국 흔적이 남아 있는 바위가 놓여 있었다. 그는 일본

의 시골에서 이것과 똑같이 생겨, 신의 발자국 흔적이라
는 바위를 보았던 기억이 떠올랐다.

"말도 안 돼. 어느 나라건 손님을 끌기 위해서 별짓을
다 해."

관광객을 태운 버스가 지나갈 때 하얀 먼지가 피어오
른다. 낮이 가까워질수록 햇살이 조금씩 강해졌다.

"이제, 어딜 가지?"

"안내서에는 골고타 교회, 빌라도 저택 유적, 그리고
회교 사원 같은 게 있던데, 그게 그걸 거야."

흥미 없다는 듯이 그는 담배를 손톱으로 튕기며 말
한다.

"요르단 쪽에는 아무것도 없어."

"그렇지만, 이왕 왔으니까 구경 안 하면 손해예요."

카메라를 어깨에 늘어뜨린 남편은 회교 사원을 향해
걷기 시작하고, 선글라스를 낀 아내는 이따금 지나치는
미국 여자를 돌아보며 그의 뒤를 따라간다.

회교 사원을 구경한 후, 예수가 처형되었다는 골고타
언덕으로 가 보았다. 언덕이라고 해서 작은 산을 상상했

　　　　　　　　　엔도 슈사쿠 단편 선집

었는데, 사실은 작은 비탈길을 잠시 걸어 올라간 곳에 외관상 커다랗고 지저분한 느낌을 주는 동굴이 있고, 그 동굴에 교회가 있었다. 여기서도 그들 부부는 행상이나 걸인에게 둘러싸였다. 텅 빈 동굴 속에는 향냄새가 났고, 십자군이 여기에 왔을 때 새겼다고 하는 글씨가 벽에 새겨져 있다.

동굴 교회를 나오자 강한 햇살이 내리쬐고 있다. 행상인들이 두 사람 주위에 우르르 몰려들어 알 수 없는 말을 해 대면서 싸구려 그림엽서와 십자가를 사라고 떼를 쓴다.

"파리 떼 같은 놈들이군."

간신히 그들에게서 빠져나오자, 남편은 아내에게 말한다.

"피부병 걸린 남자 있었지? 못 봤어?"

오수로 더러워진 거리는 차 한 대가 간신히 지나다닐 정도로 좁다. 길 양측에는 돼지 여러 마리를 거꾸로 매단 정육점이나 여러 모양의 항아리를 진열해 놓은 가게가 늘어서 있다.

"목이 말라요."

"농담이 아냐. 여기서 아무거나 마셨다간, 이질에 걸려."

"신자들은 볼만한 곳이겠지만, 우리에게는 별로네요."

"그것 봐. 그래서 내가 이런 데 오지 말자고……."

"나는 미션 스쿨에 다녔기 때문에 한 주에 한 번 성서 말씀을 들었어요. 그 당시는 성가도 불렀어요."

"홍."

남편은 혀를 차면서 오수로 더러워진 지면에 침을 뱉었다. 아내가 소녀 시절 추억을 이야기할 때는 왠지 알 수 없지만 멋쩍고 부끄러운 생각이 든다.

"당신도 젊었을 때 성서를 읽은 적이 있어요?"

'나도 학생 시절에 성서를 펼쳐본 적이 있었지.'라고 그는 가만히 생각에 잠겼다. 그가 다니던 고등학교 기숙사에서는 모두가 니시다 기타로西田幾太郎의 '선의 연구'나 구라타 햐쿠조倉田百三의 '사랑과 인식의 출발'과 같은 책을 앞다투어 읽곤 했었다. 창가에 포플러나무가 무성했던 기숙사의 냄새가 갑자기 그의 가슴에 되살아났다. 야구부의 동료들이 멀리서 외치는 소리도 들려왔다. 그때

는 그 자신도 진심으로 예수에 대해 진지하게 생각해보
곤 했다. 밤낮으로 깔아 놓은 이부자리 위에서 뒹굴며 성
서의 페이지를 넘기던 고등학생 시절 자신의 모습이 떠
오른다.

"봐요. 수녀님이 있어요."

아내가 속삭이는 말에 고개를 들자, 성심회 수녀들과
는 다른 복장을 한 수녀 두 명이 벽의 한 곳을 바라보며
십자성호를 긋고 눈을 감고 있다.

수녀들이 사라진 후에 그 벽을 올려다보니 동판이 박
혀 있다.

"뭐라고 쓰여 있어요?"

"가만있어봐. 번역해 줄 테니."

남편은 시험 문제를 눈앞에 둔 중학생처럼 그 동판의
영문을 더듬거리며 읽기 시작했다.

"예수는…… 예수는 여기서 첫 번째로 넘어졌다. 매
질 당하고, 피투성이가 되어, 그리고 그의 십자가는 매우
무거웠기 때문에…… 그는 견딜 수가 없어 넘어졌다."

"참혹한 이야기네요."

"옛날 일이야."

그렇다. 그것은 아주 오랜 옛날 일이었다. 그 자신에게 있어 예수는 단순한 위인에 지나지 않게 되고, 또한 비과학적인 인물로 보이기 시작하더니, 이윽고 관심도 흥미도 없어졌다.

"수녀님들, 저기 십자로에서 또 십자성호를 긋고 있어요."

거기에도 같은 모양의 동판이 박혀 있는데, 여기서 한 여자가 십자가를 짊어진 남자를 불쌍히 여겨 천으로 얼굴을 닦았다고 쓰여 있었다. 피를 닦은 그 천에는 얼굴 형태가 그대로 남았다고 한다.

"어차피 코쟁이들의 종교야. 우리와는 상관없어."

"어쨌든, 이 길을 찍어두죠. 구경은 했으니까."

"일본에 돌아가면, 게이코가 자랑스럽게 학교에 가지고 가겠군."

적당히 구경을 끝내고 호텔로 돌아오려는데 길을 잃었다. 채석장처럼 생긴 곳으로 나와 버린 것이다. 햇살은 사정없이 목덜미에 내리쬐고 있다. 맞은편 언덕에 멋진 캐딜락이 차체를 번쩍이며 달려갔다. 돌과 진흙으로 지은 오두막에서 얼굴을 천으로 가린 여자가 눈을 반짝이면서 이쪽을 엿보고 있다.

"당신이 이쪽으로 가자고 해서 길을 잃어버린 거예요."

"그렇게 이야기할 거야? 여기에 오자고 한 것은 당신이야."

어제와 마찬가지로 말다툼이 또 시작된다. 아내에게 화를 내면서, 베이루트에서 그냥 비행기를 탔더라면 지금쯤 하네다羽田에 도착했을 거라고 남편은 생각했다. 도쿄에 돌아가면, 또 여기저기 거래처에 인사하러 다니고, 연회에 참석하고, 일요일에는 접대 골프에 갈 것이다.

나무 한 그루에 표찰이 붙어 있는데, 여기는 유다가 목을 맨, 피의 밭이라고 쓰여 있다. 갑자기 어딘가의 라디오에서 재즈 음악이 바람을 타고 들려왔다.

「文芸」1965년 7월호에 수록

나른한 봄날의 황혼

그는 아까부터 금붕어 어항에 대해서 생각하고 있다.

"내가 운전할까?"

"안 돼요. 이렇게 많은 트럭이 난폭하게 달리는 국도에서 당신은 아직 무리예요."

그는 하얀 먼지가 물결 모양으로 얼룩져 있는 창에 얼굴을 댄다. 자갈을 실은 트럭이 위협적으로 경적을 울리며 계속 옆을 지나쳤으며, 그중에는 중앙선을 무시하고 이쪽으로 달려오는 차도 있다. 그럴 때는 거대한 트럭이 이 작은 차를 덮칠 것처럼 보인다. 아내가 말한 것처럼 면허를 딴 지 아직 반년도 안 된 그에겐, 이런 곳에선 운전하지 않는 것이 좋을지도 모른다. 여행 이틀째인데 달리고 있는 차도 입고 있는 옷도 모두가 꾀죄죄해졌고,

차내 재떨이에는 담배꽁초가 수북이 쌓여 있다. 그의 얼굴도 지쳐 있다.

조수석에서는 아들이 머리를 옆으로 떨어뜨린 채 잠들어 있다. 조금 전까지 계속 과자를 먹어대고 그룹사운드 노래를 흥얼거리며 제 엄마에게 몇 번이나 야단을 맞더니 벌써 잊어버린 듯 침을 흘리며 잠들어 있다.

교토에서 고베 쪽으로 가, 서쪽으로 방향을 틀어 봄의 해변을 따라 차를 몰았다. 바깥 풍경은 어느 쪽 할 것 없이 다 산만하여 시선을 끄는 곳이 없다. 국도를 따라 늘어선 거리나 공장은 비슷비슷했고, 휴게소나 주유소도 같은 모양이다. 거리를 지나자 언덕을 깎아낸 대지에 비슷한 색과 형태의 주택단지가 줄지어 늘어서 있다. 주택단지는 대도시뿐만 아니라, 산요山陽의 소도시의 경우에도 곳곳에 계속 생기고 있다. 기대하고 있었던 세토나이카이瀬戸内海의 시골다운 풍경이나 완만한 산의 모습도 도쿄 주변처럼 많이 훼손되어 있다.

"이런 여행이라면 오지 말걸 그랬어."

"사치스러운 이야기 말아요."

아내는 손바닥으로 기어를 밀어 올리면서 말했다.

엔도 슈사쿠 단편 선집

"7년 전의 일, 생각해 봐요. 여행할 수 있는 몸이 된 것만 해도 행복하잖아요."

그녀의 말대로 7년 전, 그는 지병으로 고생했었다. 가슴을 여는 수술을 두 번이나 했지만 두 번 모두 실패했고, 의사도 어려워하며 거의 체념한 상태였다. 그러다가 각오를 하고 마지막 시도한 세 번째 수술에서 겨우 살아나 병원 신세를 면할 수 있게 되었고, 지금 이렇게 연휴 동안 가족과의 여행을 즐길 수 있게 된 것이다. 그렇기 때문에 이 정도만으로도 충분히 감사하게 여겨야 한다.

"주스, 있어?"

아내는 한 손으로 핸들을 조작하면서 다른 한 손을 뒤로 돌려 파인애플 주스 캔을 건넨다. 목이 말라서가 아니다. 별달리 할 일이 없기 때문에 주스 캔에 두 개의 구멍을 내고 지루함을 이기며 그것을 입에 댄다. 목구멍에 흘러들어 가는 인공적인 단맛이 생활의 풍요로움을 느끼게 한다.

"맛없어."

그는 중얼거리며 캔을 발 근처에 놓는다.

황혼의 햇살이 왼쪽으로 보이는 공장 벽에 얼룩져 있

다. 공장 근처에 유료 낚시터가 있다. 사각형의 작은 낚시터에 수건으로 얼굴을 가린 남자가 낚싯대를 늘어뜨리고 앉아 있다. 그 사람 외에는 아무도 없다(바다가 바로 옆인데 유료 낚시터에 올 일이 없잖은가). 그는 혼자서 빙긋 웃었다. 그 남자도 별로 할 일이 없었기 때문에 시간을 보내기 위해 유료 낚시터에 왔을 것이다. 그리고 붕어나 송어를 잡지 못하더라도 해가 저물 때까지 조용히 저곳에 앉아 있을 것이다. "여행할 수 있는 몸이 된 것만 해도 행복하잖아요."라고 아까 아내는 말했다. 하지만 이 행복에는 주스 맛과 비슷한 쓴맛이 있다. 봄날 황혼 녘의 공기는 나른하다. 그런데 그 나른한 공기 속에 뭔가 가슴을 불안하게 하는 것이 있다. 가슴을 불쾌하게 조여 오는 것, 초조하게 만드는 것이 있다.

금붕어 어항의 물은 미지근하다. 그런데 미지근한 물 속에 마음을 불안하게 하는 것이 있다. 어항 속에는 물이 가득 차 있다. 3분의 2는 그가 공기에서 느끼는 것처럼 미적지근했지만, 그 밑 3분의 1은 선뜻하고 불쾌한 느낌을 주었다. 그 어항은 그가 입원했던 병실 창가에 놓아두었던 것이다. 붕어는 네 마리였는데, 두 마리는 죽고 두 마리만 살아 있다. 그중 한 마리는 언제나 움직이지 않고 한 곳에 가만히 있다. 그가 있던 4층 병동은 병실이 다섯 개밖에 없었는데, 그곳에는 다섯 명의 환자가 금붕어처럼 꼼짝 않고 지내고 있다. 그전 같으면 완쾌되리라는 기대조차 못했는데, 이제는 어느 정도 화학 요법이 개발되어 전혀 가망 없었던 사람들도 인내심을 갖고 잘 견디기만 하면 살아남을 수 있다. 그런데 이 4층 사람들은 수술도 불가능하고 완전히 나을 가능성도 없는 사람들뿐이다. 다른 층의 환자들은 자기들끼리 4층 환자들을 종신형이라고 부르고 있는데, 그 말은 평생 석방될 가능성 없이 갇혀 사는 느낌을 잘 표현하고 있다. 두 번째 수술이 실패한 후에 그도 일반 병동에서 이곳으로 보내졌다.

"뭐 그리 조급해 할 거 없어요. 느긋하게 치료합시다."

의사는 이곳의 환자들에게 자주 그런 말을 한다.

"상태를 보아가면서 차차 손을 쓰겠습니다."

그러나 환자들은 옆으로 돌린 의사의 눈을 통해 그의 말이 빈말이라는 것을 재빨리 알아챈다. 물론 개중에는 의사의 만류를 무시하고 병동에서 나가는 이도 있다. 병세가 악화되는 것을 각오하지 않는 이상 있을 수 없는 일이다.

옆방에 젊은 남자가 들어왔다. 잡지 같은 데서 자주 사진으로 본 T라는 재즈 가수다. 간호사의 말에 의하면, 원래 폐가 안 좋았는데, 치료도 하지 않은 채 지방 공연을 하다가 각혈을 해서 엑스레이를 찍어보니 좌우 폐에 커다란 공동이 퍼져 있었다고 했다.

열이 나는 날은 그 젊은 재즈 가수도 얌전히 있다. 그의 병실 앞에는 팬들과 후원회가 보낸 꽃이 즐비하다. 그 꽃도 말라버려 청소부가 꽃바구니를 치울 즈음, 그의 병실에는 젊은 남녀의 문병객이 쉴 새 없이 찾아와 큰소리로 웃고 떠든다.

"시끄럽지요? 하지만 이제 조금만 참으세요."

어느 날 간호사는 그에게 체온계를 건네면서 지긋지긋한 듯 그렇게 말했다. 그도 고개를 끄덕였다. 그 자신의 경험으로 보더라도 문병객이 뻔질나게 찾아오는 것은 처음 3개월 정도이고, 그다음부터는 점차 뜸해진다. 그리고 나중에는 그처럼 창가에 둔 금붕어 어항을 바라보면서 소일해야 한다. 오늘도 어항 속에는 살아남은 금붕어 한 마리가 같은 곳에서 꼼짝 않고 가만히 있다.

상상했던 대로 3개월이 채 지나지 않아 젊은 재즈 가수의 병실에서는 웃음소리가 들리지 않게 되었다. 이따금 벽을 통해서 기타 소리가 들렸지만, 그것도 금방 그쳐버렸다. 그러자 병실은 쥐 죽은 듯 조용해졌다. 담당 의사가 그 젊은 가수에게 뭐라고 했을지 옆방의 그는 보지 않아도 알 수 있다.

"뭐 그리 조급해 할 필요 없어요. 상태를 봐가면서 손을 쓰겠습니다."

장마가 시작되어 병동과 병동 사이의 중정에 매일 이슬비가 내린다. 중정은 손질이 안 되어 잡초가 무성하고, 벽돌이 여기저기 뒹굴고 있다. 그 속을 고양이 두세 마리가 뛰어다니고 있다. 그런 풍경도 환자들의 지루함을 달래준다. 밤이 되어 소등 시간 전, 복도에 나가자 창 너머로 내리는 빗줄기가 불빛을 받고 있고, 어둠 너머로 신주쿠의 번화가만이 검붉은 불덩어리처럼 빛을 발한다. 재즈 가수가 복도 구석에 서서 신주쿠의 그 야경을 가만히 바라보고 있다. 수척한 몸을 화려한 가운으로 감싸고 있는데, 환자복 밑으로 드러난 맨발이 토란 껍질을 벗긴 것처럼 하얗다. 완치될 가망성이 없는 이 남자가 신주쿠의 불빛을 바라보며 무엇을 느끼고 있을지 그로서도 알 수 있다. 그 신주쿠에서 이 남자는 팬에게 둘러싸여 노래를 부른 적이 있을 것이다. 이슬비는 그치지 않고 계속 내리고 있다.

"잘 자요."라고 말을 건네자, 상대방은 즉시 억지웃음을 얼굴에 띄운다. 잠시 재즈 가수의 하얀 맨발이 그의 미간 안쪽에 잔상으로 남아 있다. 2주 정도 지난 어느 날, 이 재즈 가수는 돌연 의사에게도 간호사에게도 아무 말 없이 병원을 나가 버렸다.

"그 사람, 정말 아무 말도 하지 않았습니까?"

주임 간호사가 남은 네 명의 환자에게 차례로 돌아다니며 묻는다. 물론 그도 굳어버린 주임 간호사의 얼굴을 보면서 고개를 흔든다. 다음 날, 점심식사 후에 무심코 텔레비전을 켜자, 화면에 새하얀 옷을 입은 그 청년이 한 손에 마이크를 잡고 야윈 몸을 좌우로 흔들면서 노래를 부르고 있다.

"고오 씨, 몸이 아프다고 들었는데 괜찮습니까?"

한 곡이 끝나고 사회자의 물음에 재즈 가수는 가슴을

한 손으로 치며 그 팔을 직각으로 구부려 보인다.

"자, 이 팔을 보세요."

그러고는 억지로 웃어 보인다. 그때, 갑자기 이슬비 내리던 밤에 복도 구석에서 신주쿠의 검붉은 불빛을 가만히 응시하고 있던 재즈 가수의 모습이 떠오른다. 그날도 어항 속의 금붕어는 늘 있던 곳에서 꼼짝하지 않았다. 어항 유리를 통해 확대되어 보이는 금붕어의 눈과 얼굴이 어쩐지 기분 나쁘게 느껴진다.

어항 속의 금붕어는 늘 있던 곳에서 꼼짝하지 않는다. 어항 유리를 통해 확대되어 보이는 금붕어의 눈과 얼굴이 어쩐지 기분 나쁘게 느껴진다. 창문을 열어 놓고 있으면 병동 가운데 있는 정원과 저쪽 병동이 때때로 작은 신기루처럼 어항에 비치는 일이 있다. 보름 정도 전부터 바로 맞은편 창에 한 중년 남자가 가만히 누워 있는 모습이 보인다. 창가에 작은 고무나무 화분이 놓여 있다.

더운 여름날 오후, 누워 있기만 해도 땀투성이가 되는데 그 중년 남자는 움직이지도 창으로 다가오지도 않는다. 늘 얼굴을 위로 향하고 누워 있는 남자의 얼굴 위에는 천 마리의 종이학이 실에 매달린 채 늘어져 있다.

그 천 마리의 종이학은 중년 남자의 젊은 아내가 만들었
는지도 모른다. 그는 창 너머로 그 젊은 부인과 인사를
한 적이 한 번 있다. 저녁노을이 아름다운 어느 날, 새하
얀 앞치마를 두른 그 젊은 부인은 창틀에 팔꿈치로 턱을
괴고 하늘을 바라보고 있었다. 그리고 그가 자신을 바라
보고 있다는 것을 알아채고는 부끄러운 듯 목례를 했다.

중년 남자가 백혈병이라는 사실을 그는 곧 청소부에
게서 들었다.

"그 병은 수혈 외에는 방법이 없어요."

오랫동안 이 병원에서 일해 온 청소부는 여러 가지
병에 대해 간호사보다도 잘 알고 있다.

"잇몸에서 피가 나오면, 그 병은 가망이 없어요."

그래서 그날부터 그는 맞은편 병동을 가능한 한 보지
않으려 했다.

중정은 지저분한 잡초가 무성하고, 벽돌이 여기저기
떨어져 있다. 그 가운데를 도둑고양이가 세 마리가 뛰어다
니고 있다. 도둑고양이는 병원에서 나오는 음식 찌꺼기
를 먹고 살아간다. 저녁이 되고 중정에 햇살이 완전히 걷
히자 병동 이쪽저쪽 창에 불이 켜진다. 이윽고 건물이 밤

엔도 슈사쿠 단편 선집

하늘에 검게 솟아오르고 불을 켠 사각형 창들만 쭉 열을 짓고 있다. 그는 그 불빛을 바라보는 것이 싫지 않았다. 그 하나하나의 창 안에는 죽음과 고통을 마주하고 있는 한 사람 한 사람의 인간이 있다고 생각하는 것이 싫지 않았다. 건강했을 때 사귀던 친구나 생활은 꿈처럼 멀고, 지금의 자신과는 전혀 다른 세계의 일처럼 느껴졌다.

대낮에 그 중년 남자가 침대에서 상반신을 일으키고 오른손으로 입술을 누르고 있다. 봐서는 안 된다고 생각하면서도 무심결에 그의 눈은 그쪽을 향한다. 남자가 휴지로 입을 닦아내 그것을 조용히 쳐다보고 있다는 것을 알 수 있었다. 잇몸에서 나오기 시작한 피를 닦고 있는 것이다. 새하얀 앞치마를 입고 언제나 생동감 있던 그 젊은 아내의 모습은 보이지 않았다.

"쓰와노津和野까지, 이래서는 오늘 밤에 도착하지 못하겠어요."라고 아내는 말한다.

"오늘 밤은 야마구치山口에서 묵죠."

"그러지. 숙소에 도착하면 느긋하게 목욕하고 차가운 맥주라도 한잔 할까?"

황혼 녘의 해가 그 창에 놓아둔 고무나무 화분에 비

치고 있다. 그 화분 안쪽으로 하얀 앞치마를 두른 젊은 부인의 작은 등이 보였다. 그녀는 침대 한가운데에 엎드린 자세로 오른손으로 남편의 손을 잡고 있다. 중년 남자는 위를 쳐다본 채 아내의 손을 잡고 있다. 그런 모습으로 두 사람은 반 시간 전부터 꼼짝도 하지 않았다. 그는 그 부부의 모습을 바라보고 있었다. 그 중년 남자가 불치의 백혈병이라는 이야기를 듣고 나서, 이윽고 다가올 죽음에 그 부부가 어떻게 대처할지 그는 내내 생각해 보았다. 그 해답이 지금 창 저쪽에서 보이는 것이다. 부부는 손을 꼭 잡고 있다. 그리고 필사적으로 두 사람을 갈라놓을 그것과 맞서고 있다.

"쓰와노까지, 이래서는 오늘 밤에 도착하지 못하겠어요."라고 아내는 말한다.

"오늘 밤은 야마구치에서 묵죠."

"그러지. 숙소에 도착하면 느긋하게 목욕하고 맥주라도 한잔 할까?"

중년 남자가 죽은 것은 그도 잘 알 수 있었다. 소독하느라 2, 3일간 그 병실의 창이 열려 있었기 때문이다. 고무나무 화분도 보이지 않았다. 천 마리의 종이학도 치워

　　　　　　　　　엔도 슈사쿠 단편 선집

져 있었다. 청소부 두 사람이 뭔가를 이야기하며 걸레질 하는 모습이 이쪽에서도 잘 보였다.

이 일주일 동안, 하늘은 비구름이 잔뜩 낀 채 전혀 개일 기미를 보이지 않고, 처마 물받이 통을 통과한 비는 땅으로 줄기차게 흐르고 있다. 집안은 어둡고 조용했지만, 창을 열자 목련나무, 옻나무, 호두나무가 섞여 있는 잡목림에서 장맛비 소리가 우울하게 들려온다. 요양 차 빌린 피서지의 작은 별장은 젖은 상자 같았지만, 비를 무릅쓰고 바깥으로 나갈 마음은 들지 않는다. 그는 매일 쉬는 틈을 이용해서 아들과 트럼프를 하면서 지루함을 달랜다. 이따금 시간이 남아 주체하지 못하는 후배 T가 놀러 오기도 하지만, 서로 이야깃거리가 떨어지면 멍하니 의자에 앉은 채 하품을 참으며 지루한 얼굴을 마주한다.

"잔인한 놈이 있네요."라고 T가 말한다.

"지난번에 여길 오다 보니까, 강아지 네다섯 마리를 자루에 넣어, 비닐 주머니에 꽁꽁 묶어서 버렸더군요. 강아지는 자루 속에서 울어댈 뿐, 바깥으로 나올 수 없는 상태였어요. 기분이 나빠 그대로 지나쳤는데, 3일째인 오늘도 그 자루가 그대로 있는 거예요."

"그 속의 강아지는 이미 죽었겠지."

"아마 그럴 겁니다. 혹시 숨이 붙어 있더라도 이제는
살릴 수가 없을 겁니다."

장맛비가 내리는 잡목 숲에서 비닐 주머니에 싸여 죽
어가는, 털이 난 작은 살덩어리의 영상이 그의 가슴에 떠
오른다.

잡목림, 비, 개라는 세 단어가 소년 시절에 보았던 어
떤 광경을 되살아나게 한다. 중학교 2학년 때다. 등교 도
중, 비 때문에 들어갈 수 없는 잡목림 앞에 경찰과 소방
서 직원이 서 있었다. 상수리나무 앞에 세워둔, 그들이
타고 온 자전거가 비에 젖어 있다.

"목을 매 죽었어."

평소 그의 집을 출입하던 소방서 직원이 낮은 소리로
슬며시 가르쳐준다.

"보지 않는 게 좋아. 잠 못 잘 거야."

그는 숲을 통과해 가는 것을 포기하고, 숲 가장자리
를 따라서 걸으려 한다. 하얀 개 한 마리가 그 가장자리
에 서서 비에 젖은 채 가만히 숲 쪽을 바라보고 있다.

　　　　　엔도 슈사쿠 단편 선집

"자살한 사람의 개야."라고 소방서 직원은 말했다.

"아까부터 여기를 떠나지 않아. 개도 아나 봐."

비와 진흙이 묻어 엉망으로 더러워진 그 개는 이쪽을 돌아보지도 않는다. 그 개만이 주인이 죽어야 했던 이유를 알고 있는 듯, 어두침침한 숲 속을 계속 바라보고 있다(남자는 비에 젖은 숲 속에 들어간다. 개는 숲의 가장자리까지 따라와서는 멈춘다. 이윽고 주인이 죽을 거라는 것을 알고 있지만 말릴 수가 없다. 모든 것이 끝날 때까지 개는 가만히 그것을 지켜보고, 모든 것이 끝난 후에도 거기서 움직이지 않는다).

다음 날도 그 다음 날도 비는 계속 내린다. 그는 이제 이 별장을 떠나 도쿄로 돌아가려고 생각한다. 방과 복도에 빨래한 아이의 속옷과 잠옷이 줄지어 매달려 냄새를 피우고 있다.

그즈음 그의 증세는 호전되질 않는다. 호전되지 않는다기보다 치료 가망성이 전혀 없다. 약도 거의 다 써보았기 때문에, 만일 수술을 하면 80%는 실패할 거라는 이야기를 들었다. 병실을 찾아온 의사는 매일 형식적으로 청진기를 그의 가슴과 등에 대고는, 입버릇처럼 말한다.

"자, 이 상태로 기다려 보죠."

자신의 미래를 생각해보면, 떠오르는 것은 하나밖에 없다. 밖에 나가지 못하고, 일도 할 수 없고, 다만 열이 나지 않도록 일 년이라도 생명을 늘리기 위해 누웠다가 일어났다가 하는 입원 생활을 계속하는 것뿐이다.

그래도 그는 문병객이 찾아오면 쾌활한 표정을 짓는다. 자신의 일상이나 병원의 일을 코믹하게 표현하며 찾아온 사람을 웃긴다. 돌아갈 때 문병객은 반드시 이야기한다.

"이렇게 건강하니, 올해 안에는 퇴원할 수 있겠군요."

"안됐지만, 다시 속세로 돌아와 주셔야겠어요."

그럼에도 불구하고 그는 사람들이 돌아간 후에 갑자기 조용해진 병실 천정의 얼룩을 언제까지나 바라본다. 몸뿐만 아니라 가슴속까지 납덩어리와 같은 피로를 느낀다. 진실을 말하자면, 아무도 만나고 싶지 않다. 아무도 보고 싶지 않고, 누구의 말도 귀에 들어오지 않는다. 그 자신도 자신의 본심을 누구에게도 드러내려고 생각하지 않는다. 드러낸다 하더라도 아무 소용이 없다는 것 정도

엔도 슈사쿠 단편 선집

는 그도 알고 있다.

"구관조를 사다 줘."

어느 날 갑자기 그는 아내에게 부탁한다.

"구관조요? 왜요?"

아내는 놀란 듯 돌아보며 남편의 당혹스러워하는 얼굴을 쳐다본다.

"뭐, 지루해서 그래. 비싸겠지만 부탁해. 책도 텔레비전도 이젠 질렸어."

3일 후, 아내는 큰 보자기를 한 손에, 또 다른 손에는 세탁물과 무거운 상자를 가지고 온다. 보자기를 풀자 새집이 등장한다. 주둥이가 노란, 짙은 자색의 새가 불안한 듯 홰를 꽉 움켜쥐고 있다.

"얼마 줬어?"

"괜찮아요. 그런 거 걱정 안 해도. 잘 변통해 쓰고 있으니까."

3년 동안 입원비가 상당히 들었다. 그런 비싼 것을 산다는 것이 말이 안 된다는 것을 그도 잘 알고 있다. 새장 속에 손가락을 넣자 새는 눈을 돌리며 방향을 바꾼다. 가슴 부근에 한 줄의 노란 선이 나 있다.

수술을 부탁하자. 설령 그것이 20%의 가능성밖에 없
더라도 수술을 부탁하자. 그리고 그전에 이 새에게 자신
의 목소리와 말을 외우게 하자. "살아생전 여러모로 신
세를 많이 졌습니다만 안타깝게도 타계했습니다." 만약
이 새가 장례식장에 온 사람들 앞에서 그렇게 말을 한다
면, 어떨까. 그는 그 짓궂은 장난을 생각하며 혼자 쿡쿡
웃는다.

문병객들은 그 구관조를 보고 웃는다. 그도 익살을
떤다.

"이렇게 건강하니 이제 곧 퇴원할 수 있겠네요."라고
방문객은 말한다. 방문객이 돌아간 후 갑자기 텅 빈 병실
에서 구관조는 의미 없는 말을 지껄이기 시작한다. 차라
리 그 의미 없는 말이 사람의 말보다 그를 덜 피곤하게
한다.

한밤중, 어둠 속에서 가만히 눈을 뜨고 있다. 자신의
앞으로의 일, 그리고 죽음을 생각한다. 그때 침대 밑에
둔 새장에서 희미하게 움직이는 소리가 난다. 그는 머리
맡의 전깃불을 켠다. 새장 속에서 구관조가 가만히 그를
바라보고 있다. 쥐 죽은 듯 조용한 병동에서 지금 깨어

있는 것은 이 새와 나뿐이다. 그는 구관조에게 작은 소리로 말을 건넨다.

"어이, 하느님은 정말 있을까?"

어느 날 아침, 눈을 뜨자 창이 희끄무레하다. 밤사이에 눈이 내린 것이다. 그는 창에 얼굴을 바싹대고 중정과 맞은편 병동의 지붕을 뒤덮은 눈을 바라본다. 그렇게 지저분했던 중정이 온통 새하얗다. 창을 열자 차갑기는 했지만, 몸에 스며들 듯한 바람이 가루눈을 뿌리며 얼굴에 부딪힌다. 그는 그 바람을 얼굴에 계속 쐰다. 더러운 것, 더럽혀진 것이 그 눈과 바람으로 깨끗해지기를, 그의 가슴속에 있는 어두운 정염이 그 바람에 의해 날려 사라지기를 바라면서 얼굴에 바람을 쐰다.

환자들은 뒤에서 그녀를 '아줌마'라고 부르고 있는데, 큰 전기 회사 중역의 부인이라고 한다. 그렇지 않고서야 5년 동안이나 이곳 독방에서 입원 생활을 할 수는 없을 것이다. 그녀는 이전에 가나가와 요양소에 오랫동안 있었다고 하니까, 합해서 10년은 남편과 아이와 떨어져 병상 생활을 한 셈이다. 그녀는 일반 결핵보다 훨씬

질이 나쁜 농흉이다. 결핵 수술에 실패하면 최악의 경우, 이 농흉이 되는데 그것은 말 그대로 가슴에 고름이 고이는 것으로, 일단 걸리면 7, 8년의 요양 생활은 보통이고 완전히 나을 확률은 거의 절망에 가깝다.

아주머니는 거의 매일 침대에 가만히 누워 있다. 이따금, 열이 나지 않는 날은 다른 병실에 얼굴을 내미는 일도 있다. 그러면, 화투나 바둑을 두고 있던 다른 환자들은 손을 멈춘다. 그리고 당혹스러운 듯한 표정을 짓는다. 마음속으로는 그녀가 1초라도 빨리 병실에서 나가주었으면 한다.

그도 그러한 사람 중 한 명이다. 그런 생각이 드는 것은 싫었지만, 아주머니가 이야기하면서 콜록거린다거나 하면 몸을 뒤로 빼면서 본능적으로 불쾌한 표정을 짓는다. 아주머니한테서 강력한 결핵균이 나온다는 것은 모두 알고 있다. 자신들도 같은 균에 감염되어 있으면서 아주머니처럼 극단적인 양성 환자를 두려워하는 것이 우스꽝스럽지만, 그래도 모두 아주머니처럼 되면 큰일이라는 생각을 하고 있다. 자신들은 신약이 나올 때까지 견디면 언젠가는 회복될지도 모른다. 그러나 아주머니의 경우는 완치란 있을 수 없을 것이다. 4층 환자들이 볼 때, 아주머니는 불치 환자 가운데서도 대표이며, 온갖 불운과 불행을 안고 있는 격이다.

그래도 아주머니는 이따금 문병객에게서 받은 과일이라든가, 과자를 가지고 그의 병실을 찾아온다. 그가 그런대로 다른 사람보다는 말 상대가 되어 주기 때문이다. 그녀가 찾아오면, 그는 혹여 그녀가 기침을 해도 그 분비물이 튀어 묻지 않게끔 가능한 한 침대 가장자리에 앉아 얼굴을 조금 옆으로 돌리고 그녀의 이야기를 듣는다.

"수면제를 달라고 부탁해도 항히스타민제를 주고서 그냥 넘어가려고 해요."

아주머니는 불평을 늘어놓는다.

"잠자지 못하면 다음 날 열이 오르기 때문에 그게 두려워서 그러는데, 이곳 간호사는 거기까지 생각하지 못하는 거예요."

그녀는 남자 옷처럼 무늬가 큰 파자마 위에 가운을 입고 있다. 가운과 신고 있는 슬리퍼는 외국 젊은 여자가 쓰는 것처럼 화려하다. 가운을 걸친 그녀의 가슴과 엉덩이는 '센베이' 과자처럼 납작하다. 아주머니는 이 병원의 모든 것이 불만스러운 듯, 의사도 간호사도 일부러 자신에게 모질게 대하고 있다고 생각하고 있다. 그러기에 아주머니는 다른 병동에서 새로운 젊은 의사가 오면 가장 먼저 그 의사에게 큰 기대를 건다.

"그 선생은 병원에서도 유명한 수재인 듯해요. 그리 볼품은 없어 보여도 결핵 치료에는 교수들 못지않은 실력을 갖추고 있다고들 해요."

그녀는 들뜬 목소리로 이야기해댄다.

"있잖아요…… 오늘 진찰하면서, 따뜻해지면 건강해질 거라고 하던데…… 그건 내가 내년이면 퇴원할 수 있다는 말이겠죠?"

따뜻해지면 건강하게 될 거라는 말은 의사가 환자에게 하는 상투적인 위로에 지나지 않는다. 입원한 지 2년 반이 되는 그로서도 이제는 의사의 본심과 상투적인 말투를 분간할 수 있다. 그러니 10년간 요양 생활을 해온 그녀가 그것을 알아채지 못할 리 없다. 알지만, 물에 빠진 사람이 지푸라기라도 잡고 싶은 심정으로 그런 단순한 위로의 말에 매달리는 것이다.

"퇴원하면 제일 먼저 뭘 할까? 정원을 오랫동안 내버

엔도 슈사쿠 단편 선집

려두었으니까 정원에 장미를 잔뜩 심을까? 그리고 양장을 잔뜩 장만해 놓고 마음에 드는 옷을 갈아 입으며 쇼핑하러 거리에 나갈까?"

그는 그녀의 말에 맞장구를 치며 그럴싸하게 대꾸한다.

"장미는 덩굴장미가 좋아요. 그걸 심으세요. 다른 장미는 인공적인 느낌이 들어 싫어요."

"운전이라도 배울까? 그럼 편리하겠죠? 남편이나 아이를 바래다주고 데려오고 하는 데도 좋겠죠? 나 아무래도 운전을 배워야겠어요."

아주머니의 이야기에 맞장구치면서 그는 옛날에 읽었던 소설을 떠올린다. 친구에게 빌려준 채로 지금은 어디에 있는지 알 수 없지만, 아직 기억에 남아 있다. 그것은 어떤 사람이 거짓말을 하는 내용이다. 주인공은 모두에게 경멸의 대상이며 초라하고 보잘것없는 남자다. 한번도 여자로부터 사랑 받은 일이 없고, 마음을 털어놓을 친구도 없기에 그는 여기저기에 거짓말을 한다. 마치 여러 차례 여자를 사랑했고, 사랑 받았던 것처럼 꾸며댄다. 그렇게 함으로써 그는 자신이 얻을 수 없는 행복의 환상을 만들어내는 것이다.

"남편이 말이에요. 퇴원하면 도와다＋和田 호수에 가자고 해요."

"도와다 호수요? 좋겠군요."

그는 언젠가 그림엽서에서 본 호수의 풍경을 떠올린다. 파란 호수에는 요트가 떠 있고, 건장한 남자들이 가족을 보트에 태우고 즐기고 있는 장면이다.

"있잖아요. 그때 당신도 같이 가요."

그는 익살을 떨며(한편으로는 상대에게서 가능한 한 멀어지려 하면서) 손을 젓는다.

"방해꾼 취급당하기 싫어서요."

"농담이 아니에요."

아주머니의 목소리는 들떠 있고, 눈은 자신이 지어낸 이야기에 자극받아 빛난다.

"남편이 줏대가 없는 듯하지만, 의외로 사려 깊은 사람이에요. 만난 적이 있죠?"

"아뇨. 아직요."

"이상하네. 2주에 한 번은 오는데."

그러나 그는 아주머니의 병실에 이따금 여자 중학생처럼 보이는 소녀가 가끔 오는 것은 알고 있어도, 줏대 없는 듯한 남편을 본 적은 없다.

아주머니의 방에서 오랫동안 흐느끼는 소리가 새어 나온다. 그것은 재즈 가수가 가만히 신주쿠의 네온사인을 바라보고 있던 때와 마찬가지로 비가 내리는 밤의 일이었다. 그 길고 작은 흐느낌은 마치 어린애가 우는 듯했는데, 그가 화장실에 가기 전에도, 화장실에서 차갑고 어두운 복도로 되돌아온 후에도 계속 들려온다. 그는 그쪽을 향해 멈춰 서서 오랫동안 그 흐느낌을 듣는다. 그리고 발소리를 죽이며 담당 간호사에게 알리러 간다.

"이야기를 들어주는 것이 좋지 않을까요? 내일 열이라도 나면 큰일일 테니까요."

간호사는 당직 일지에서 얼굴을 든다. 그리고 수면제 대신에 환자에게 줄 항히스타민제를 가지고 아주머니 방으로 사라져 간다.

그와 아내와 아들은 산장 분위기의 휴게소에 차를 세운다. 아내의 운전은 그녀의 성격처럼 거친 편이다. 휴게소 앞에 깔린 자갈을 튕겨내면서 미끄러져 들어간 차는 브레이크 소리를 내며 급정거를 한다.

"핸드백 챙겨요. 차 안에 중요한 물건은 두지 마세요."

그녀의 뒤를 따라 걸으며 그는 남자 같은 그녀의 어깨와 굵은 팔에 눈을 준다. 결혼했을 때는 여성스러웠던 아내가 어느 사이에 이렇게 아줌마가 되었는지 모르겠다 (그와 아들은 그녀 몰래 우리 집 아줌마라고 부르고 있다). 자신의 입원 생활 3년 동안, 그녀의 굵은 팔은 나물 반찬이나 그가 부탁한 무거운 전집을 껴안고 왔다. 아내는 그 때문에 운전면허를 땄고, 하루도 빠짐없이 병원에 와 주었던 것이다.

"스파게티 시키면 안 돼요?"

아이는 메뉴를 들여다보며 말한다.

"괜찮죠?"

"잘도 먹어대는군. 먹기 위해 태어난 거 같아."

"주스를 먹어. 그렇지 않으면 나중에 밥을 남기게 되니까."

"괜찮아요. 스파게티 먹어도 되죠?"

휴게소 구석에 있는 뮤직 박스에서 유행가가 흘러나

엔도 슈사쿠 단편 선집

오고 있다. 입에 코에 스파게티 소스를 묻혀가며 아들은 포크를 움직이고 있다. 아내는 오른손으로 자신의 뒷목을 주무르고 있고, 그는 그런 가족의 움직임을 가만히 바라보면서 늘 그렇듯 자신의 몸도 좋아졌다고 생각한다. 입원 당시 그는 만일 퇴원하더라도 평생 눕거나 일어나거나 하면서 살아 있는 송장처럼 생활해야 할 거라고 생각했었다. 이렇게, 봄날의 황혼에 가족과 함께 도쿄에서 멀리 떨어진 휴게소에서 차를 마실 수 있는 행복을 누리리라고는 도저히 상상조차 할 수 없었다. 점원이 가지고 온 홍차를 마신다. 바퀴벌레 한 마리가 탁자 가장자리를 따라 도망쳐 간다. 이따금 멈춰, 그 긴 더듬이를 좌우로 움직인다. 바퀴벌레는 병원의 거무스름해진 벽에도 자주 기어 다녔었다. 바퀴벌레의 등은 기름을 칠한 바닥처럼 빛나고 있다. 나가노 현長野県에서 왔다는 젊은 간호사는 벽에 기대어 모여든 환자들에게 작은 소리로 말한다.

"안됐어요! 남편 일로 울고 있는 거예요!"

"바람피우나? 어쩔 수 없지. 마누라 1년, 남편 3년이라더니."

"뭐라고 해야 좋을지 모르겠어요……"

마누라 1년, 남편 3년이라는 말은 요양소에 있는 사람들이 쓰는 말이다. 마누라가 1년 요양 생활을 하면 남편은 바람을 피운다. 반면에, 남편이 3년 입원하고 있으면 마누라에게도 남자가 생긴다. 하물며 아주머니처럼 10년이나 집과 떨어져 있으면서 남편에게 아무 일도 없는 것이 도리어 이상할 정도다.

　　"이제 와서 알아차린 것은 아니겠지."

　　"아주머니도 여자인걸요. 그전부터 느끼고 있었겠죠."

　　다음 날부터 아주머니의 병실은 더 조용해진다. 점심이 지나서 '면회 사절'이라는 쪽지가 붙여진 그 병실에 이따금 주삿바늘과 청진기를 든 간호사와 의사가 드나든다. 아주머니의 열이 높아진 것이다. 다른 환자들은 아주머니 때문에 라디오나 텔레비전을 켤 때도 소리를 죽이고 있다.

　　2주 정도 지난 후, 그녀는 갑자기 그의 병실에 얼굴을 내밀었다. 원래 야윈 뺨에 더욱 살이 빠져 턱이 뾰족해진 것이 눈에 띄었지만 그는 입을 다물고 있다. 그것은 환자끼리의 무언의 약속이기 때문이다. 아주머니도 억지로 웃음을 띠며 말했다.

"들어봐요. 나, 내년 정월에는 퇴원할 수 있을지도 몰라요."

"정월에요?"

그는 약간 놀라며 말한다.

"허락을 받았습니까?"

"오늘 선생님이 내년에는 집으로 돌아갈 수 있을 것 같다고 분명히 말씀하셨어요. 분명히."

"그거, 잘 됐군요."

그는 얼굴에 웃음을 띠며, '병원도 드디어 아주머니를 포기했군'이라고 생각한다. 나을 가망이 있어서 퇴원시키는 것이 아니라, 더 이상 어쩔 수 없기 때문에 집으로 돌아가도록 허락하는 환자(이윽고 그도 그렇게 될지 모른다). 이제 와서는 약도 듣지 않기 때문에 마음이라도 편하게 하려는 의도에서 의사는 그렇게 말한 것이다.

"7년 만에 설날을 집에서 지내게 되네요. 처음 3년 동안 설날은 집에 가서 지내게 해주었는데…… 그 후 6년은 계속해서 소독약 냄새 나는, 싸늘하게 식은 떡국을 먹었어요."

"저도 작년과 올 설날에 병원에서 마련해 준 떡국을 먹었어요. 크레졸 냄새가 식기에도 떡에도 배어 있는 듯해서 맛이 없었지요."

"설날이 오는 게 싫어요. 병원은 사흘 동안 텅 비어 아무도 없고, 창 저쪽 굴뚝에서 검은 연기가 솟아오를 뿐이고, 금년도 여기서 지내야 한다고 생각하면……."

눈꺼풀 안쪽으로 올 설날에 처음 본 것이 떠오른다. 간호사가 줄어든 틈을 타 살그머니 병원 정원에 나가보니, 인부 둘이서 운반차에 시트로 감싼 시체를 싣고 영안실로 옮기고 있었다. 잿빛 하늘에 연 하나가 떠 있다.

"아 참. 나, 전화를 걸어야겠어요. 선생님이 한 말, 남편에게 전하고 올게요."

그녀는 그가 사실을 알고 있다는 것을 알아채지 못하고 짐짓 밝은 목소리로 말한다.

"미안해요. 갑자기 찾아와서."

하지만 퇴원 이야기는 두 번 다시 아주머니 입에서 나오지 않았다. 그녀의 남편이, 전염될 위험이 있고 아이도 있기 때문에 좀 더 병원에 있게 해달라고 부탁한 것을 모두 알고 있다.

"혈육도 막상 이렇게 되니 박정하군요."

어느 날, 그의 병실에 온 간호사가 말한다.

"여러 환자를 보고 있으면 정말 슬퍼져요. 3층에 중풍으로 누워 있는 할아버지가 있는데, 그분 아들 부부 정말 냉정한 사람들이에요. 퇴원시키지 말라, 성가시게 한다, 보험이 안 되는 비싼 약은 쓰지 말라는 등, 거리낌 없이 말하는 걸요. 나이 먹으면 그렇게 취급 받는 걸까요?"

"믿을 수 있는 건, 돈뿐이야."

"그렇네요. 저도 그렇게 생각했어요. 저, 건강할 때 부지런히 저축해 두려고요. 하긴, 간호사 월급으로는 저금해봐야 별로 도움이 안 되지만요."

"그러니까, 돈 많은 영감하고 결혼하는 것이 제일 낫지."

"그런 경박한 이야기 하지 마세요."

그렇게 게걸스럽게 먹는 게 아니라며 아내는 아들을 꾸짖기 시작한다. 여종업원이 뮤직박스에서 다른 유행가를 흘려보내고 있다. 테이블 안쪽에 숨어 있던 바퀴벌

레가 불안스러운 동작으로 다시 가장자리에 모습을 드러
낸다.

그는 퇴원한 후에도 한 달에 한 번은 의사에게 진찰
을 받고 있다. 병원에 갈 때마다, 그는 다시 얻은 자유를
조심스레 되씹으면서 자신이 3년 동안 지냈던 4층을 살
그머니 올라가 본다. 그러나 환자의 방에는 들어가지 않
는다. 아직 입원해 있어야 하는 사람들에게 퇴원한 자신
의 모습을 보여 상처를 입히고 싶지 않기 때문이다.

발소리를 죽이며 복도를 걷고 있을 때, 아주머니의
병실 문이 열려 있다는 것을 알아차린다. 7월 초, 비가
갠 뒤의 갑자기 맑고 무더운 오후였기 때문에 문을 열어
둔 채 아주머니는 침대에 누워 있었던 것이다. 누워 있는
그녀의 시선과 마주쳐서 하는 수 없이 그는 미소를 지어
보였다. 아주머니도 미소를 지어 보인다. 그 뺨은 한층
야위어 보인다.

"어떻……습니까?"

그는 주뼛거리면서 그녀의 침대로 다가간다.

"네…… 여전해요……."

잠깐 자고 난 뒤여서인지, 아주머니의 이마는 땀에

엔도 슈사쿠 단편 선집

젖어 있고, 땀에 젖은 얼굴에 머리카락이 두세 올 붙어 있다.

"당신, 위험을 무릅쓰고 세 번째 수술을 받더니 잘 됐군요."

"죽느냐 사느냐의 갈림길이었어요. 잘못됐으면 저 세상 행이었죠."

"수술 도중, 심장이 멈췄다는데, 정말이에요? 간호사에게 들었어요. 부러워요. 당신에겐 마지막 수술이라는 기회가 남아 있었던 게. 나는 그런 기회조차 없으니."

그리고 아주머니는 가벼운 기침을 두세 번 한다. 본능적으로 그는 몸을 뒤로 빼고 얼굴을 옆으로 돌린다.

"나았는데 이런 병원에 왜 와요."

민감하게 알아챈 아주머니는 가만히 그의 눈을 바라보고 조롱하듯 입술을 일그러뜨리며 말한다.

"싫죠?"

"무슨 말씀이세요."

"부인은 건강하세요? 아이는?"

"건강합니다."

"그럼, 안녕히 계세요."

작별 인사를 하고 돌아서자 어려운 일을 끝낸 듯한 기분이다. 등으로 아주머니의 강한 시선을 느낀다. 이 4층에서 나갈 수 있게 된 그를 그녀가 어떤 기분으로 바라보고 있을지 뼈저리게 느낀다. 그가 병실의 문턱을 넘을 때, 아주머니가 등 뒤에서 깊은 한숨을 내쉬는 소리가 들린다…….

"어떻게…… 안 될까……."

"여기서부터 내가 운전해 볼게."

"해볼 거예요?"

아내는 또 급브레이크를 밟고 기어를 중립에 넣더니 차 밖으로 나간다. 아까까지 국도에 내리쬐고 있던 햇볕이 조금 기울기 시작하고 있다. 그는 운전석에 앉아 백미러를 자신의 눈높이에 맞추고 의자를 조금 뒤로 젖힌다. 앞유리로 보이는 휴게소 입구가 천천히 이동하기 시작하며 뒤쪽으로 사라지고 그 대신에 쥐색의 낮은 담이 계속 이어진다. 아주머니의 한숨 소리를 들었을 때와 마찬가지로, 날카로운 이빨에 물린 듯 가슴이 아파 온다. 그녀의 마음이 어떠할지 그는 나름대로 알고 있다. 두 번

엔도 슈사쿠 단편 선집

째 수술이 실패하고 의사도 어쩔 줄 몰라 하고 있을 때, "경과를 봐가면서 다음 조치를 생각합시다."라고 그들은 말했지만, 그것이 환자를 안심시키기 위한 말이라는 것을 그로서는 너무도 잘 알고 있었다. 그는 의사만이 아니라, 가족이나 문병객과도 이야기를 나누고 싶지 않을 정도로, 그 당시 상당히 지쳐 있었다. 얼굴에는 미소를 띠고 때로는 익살을 부려 보아도 모두 다른 세상의 사람으로 보인다.

그는 아내에게 부탁하여 구관조 한 마리를 사오게 한다. 새는 가르쳐준 짧은 말을 의미도 모른 채 지껄인다. 그 무의미한 말을 듣는 편이 문병객의 목소리를 듣는 것보다 차라리 낫다. 밤이 되자, 보자기를 씌운 새장에서 새가 움직이는 소리가 들린다. 보자기를 벗기자 구관조는 한쪽 발을 든 채 가만히 그의 얼굴을 쳐다본다. 그는 비에 젖은 채 숲 속을 바라보고 있던 개의 눈을 떠올린다. 아주머니는 그가 느꼈던 그런 어둠을 죽을 때까지 느끼며 지낼 것인가?

"어떻게⋯⋯ 안 될까⋯⋯."

"뭐가 말이에요?"

"아니, 아냐."

그는 아내에게 억지웃음을 지어 보인다.

"이 기어가 나한테는 뻑뻑해."

"클러치를 꽉 밟아야 해요. 반밖에 안 밟았기 때문이에요."

"반밖에 안 밟았다고?"

그는 아주머니, 재즈 가수, 그리고 피서지의 장마나 비닐 주머니에 넣어져 버려진 강아지 등이 마치 쓰레기처럼 겹쳐 쌓여 기억 속에 침전된 채 남아 있는 것이 느껴진다. 그것은 그로 하여금 평생 막연한 불안을 느끼게 하고, 이따금 날카로운 바늘로 찌르는 듯한 통증을 동반하며 떠오른다. 그럼에도 불구하고 그 일들은 희미하게 떠오를 뿐이다.

이 일주일 동안, 하늘은 비구름이 잔뜩 낀 채 전혀 개일 기미를 보이지 않고, 처마 물받이 통을 통과한 비는 땅으로 줄기차게 흐르고 있다. 집안은 어둡고 조용했지만, 창을 열자 목련나무, 옻나무, 호두나무가 섞여 있는 잡목림에서 장맛비 소리가 우울하게 들려온다. 그는 매일 쉬는 틈을 이용해서 아들과 트럼프를 하면서 지루함을 달랜다. 이따금 시간이 남아 주체하지 못하는 후배 T가 놀러 오는 일이 있지만, 서로 이야깃거리가 떨어지면 멍하니 의자에 앉은 채 하품을 참으며 지루한 얼굴을 마주한다.

"잔인한 놈이 있네요."라고 T가 말한다.

"지난번에 여길 오다 보니까, 강아지 네다섯 마리를 자루에 넣어, 비닐 주머니로 꽁꽁 묶어서 버렸더군요. 강아지는 자루 속에서 울어댈 뿐, 바깥으로 나올 수 없는 상태였어요. 기분이 나빠 그대로 지나쳤는데, 3일째인 오늘도 그 자루가 그대로 있는 거예요."

"그 속의 강아지는 이미 죽었겠지."

"아마 그럴 겁니다. 혹시 숨이 붙어 있더라도 이제는 살릴 수가 없을 겁니다."

장맛비가 내리는 잡목 숲에서 비닐 주머니에 싸여 죽어가는, 털이 난 작은 살덩어리의 영상이 그의 가슴에 떠오른다.

"그러니까 늘 얘기하잖아. 나갈 때는 잊어버린 물건

이 없나 반드시 한 번 더 보라고 했잖아. 습관을 들이지 않으니까 잊어버리잖니."

"무슨 일인데?"

"이제 와서 보니, 애가 휴일 동안 쓸 작문 공책을 도쿄에 놔두고 왔어요."

"너, 엄마한테 야단맞기 위해 태어난 것 같구나."

"세토나이카이瀬戸内海라고 해서 깨끗하리라고 생각했는데, 의외로 더럽군요."

"의외군."

"아줌마, 이 사람, 소설가예요. 그 일, 이야기해봐요. 전쟁 중의 이야기말이에요."

그때, 아주머니는 이쪽을 등지고 있다. 왼쪽에 잘 닦지 않은 창이 있고, 거기에는 컵이라든가 찻잔 같은 것이 나란히 놓여 있다. 그녀는 부엌칼로 호박을 자르고 있다. 칼이 도마에 부딪는 소리와 이쪽으로 돌린 굵은 등을 보면 별로 그녀의 기분이 좋지 않다는 것을 알 수 있다. 옆얼굴이 해에 그을린, 큰 삽이나 경작기라도 움직일 수 있을 듯한 농촌 여인이다.

"아주머니, 훈장 정도는 받았겠죠?"

엔도 슈사쿠 단편 선집

"훈장은커녕 평생, 생활을 보장해주겠다고 하더니 한 푼도 주지 않더군요."

"서류를 훔치라고 시킨 거였죠?

"처음에는 그랬는데, 나중에는 약을 쓰라고 했어요."

"약을요?" T도 그도 그 뜻을 알아들을 수 없었다.

"약이란 무슨 약인데요?"

"비소예요. 목사님 음식에 넣으라고 했어요."

두 사람이 가만히 있자, 그녀는 말했다.

"어쨌든 나는 그때 아무것도 몰랐어요. 반 통장과 헌 병대 사람이 나라를 위한 거라고 해서, 정말 그렇게 믿었던 거예요."

그는 몹시 당혹스러운 얼굴로 그 이야기를 듣고 있다. 이런 여자와 처음 만난 그는 아주머니가 거짓말을 하고 있는 거라고, 일종의 허영심에서 과장해 말하고 있는 거라고 생각하려 했다. 그렇지 않으면, 자신이 저지른 엄청난 일을 마치 파종이라든가, 양배추 짐을 실어내는 이야기를 하듯 말할 리는 없다고 생각해서다. 하지만 아주머니는 담담하게 이야기하면서 천천히 호박 자른 칼을 수돗물로 씻고 행주로 깨끗이 닦고 있다. 그리고 그것을 가스레인지 아래 서랍에 넣고 있다. 자신의 이야기에 취해 있는 것 같지도 않고 이야기를 재미있게 하기 위해 이쪽을 돌아보는 일도 없다. 귀찮은 듯이 T의 질문에 정중한 말투로 답하고 있다.

비가 또 내리기 시작한다. 모래산이 무너지는 듯 가늘고 건조한 소리가 들려온다. 창 저쪽은 안개가 끼어 하얗다. 그는 아무 말 없이 가만히 있고, 젊은 T가 감정을 억누르면서 쉰 목소리로 계속 질문한다.

"난, 헌병 아저씨 말대로 했을 뿐이에요."

"어떻게 서류를 훔쳤어요?"

"청소할 때 조금씩 꺼내 와서 헌병에게 건넸어요."

"비소는?"

"헌병대가 병을 주었어요."

아주머니는 커피포트 뚜껑을 열어 그 속을 진지한 표정으로 들여다본다.

"손님, 커피 드시겠어요?"

"비소는 어느 정도 썼습니까?"

"스푼 하나 정도, 수프나 커피에 넣는 정도예요."

"커피를 용케도 구할 수 있었네요."

엔도 슈사쿠 단편 선집

"외국인에게는 특별 배급이 있어서요. 지금의 공회
당 자리가 배급소였는데, 배급표를 한 달에 한 번 받았
어요."

"그래서……."

T는 조금 숨을 들이마신다.

"바로 죽어버렸어요."

그때 비로소 아주머니는 뒤를 돌아본다. 등 뒤의 가
스레인지는 그녀가 매일 정성스럽게 닦는 듯 반짝반짝
빛나고, 위의 선반에는 여러 접시와 식기, 그리고 항아리
가 정리되어 늘어서 있다. 바구니 속에 호박과 옥수수가
들어 있다(왜 그런 쓸데없는 일을 지금까지 기억하고 있는지,
그 자신도 알 수가 없다). 돌아보는 시골 여인의 커다란 얼
굴에 비로소 엷은 미소가 떠오른다.

"바로 죽지는 않았어요. 일주일 정도 살아 있었
어요."

"일주일이나?"

"그 약은 아주 잘 들었어요."

그때 비로소 아주머니는 거친 말투를 쓴다.

"하루하루 말라깽이가 되어가는 걸 알 수 있었어요."

나른한 봄날의 황혼

"그걸 매일 보고 있었나요?"

"보고 싶지 않았어요. 그래서 죽었을 때 헌병에게 빨리 시체를 치워달라고 부탁했어요."

"뒤처리는 어떻게 했나요?"

T도 그도 잠시 묵묵히 있었다. 섬뜩하다기 보다는 압도된 기분으로 그 이상 질문을 할 수 없다. 두 사람 모두 모래가 흘러가는 것 같은 가는 빗소리를 듣고 있다.

"커피 마시겠어요?"

아주머니는 두 사람 앞에 찻잔을 놓는다. 작은 꽃 모양이 새겨진 커피 잔으로, 그의 잔은 이가 빠졌지만 눈에 띌 정도는 아니다. 아주머니가 직접 커피포트에서 진한 갈색의 뜨거운 액체를 잔에 따른다. 진한 갈색의 액체가 이 빠진 부분까지 가득 채워질 때까지 그녀는 커피포트를 계속 기울이고 있다. 그는 본능적으로 몸을 뒤로 뺀다. 아주머니는 각설탕 상자에서 네모난 하얀 덩어리를 손가락으로 집는다.

T와 그는 잡목림 숲길에서 우산을 쓰고 돌아온다.

"정신이상자라고 생각하는 게 마음 편할 거야."

"하지만 그렇지는 않잖아요. 나는 그 커피를 마셔야

엔도 슈사쿠 단편 선집

할 때가 제일 기분이 나빴어."

"정신이상이 아니라면, 그런 사람을 어떻게 생각하면
좋을까?"

입에는 아직 커피 맛이 남아 있다. 그가 물이 고인 길
에 침을 뱉자, T도 고개를 숙이고 같은 동작을 두세 번
되풀이했다.

장마가 겨우 걷히자, 산의 윤곽 하나하나가 또렷이
보일 정도로 산이 가깝게 보인다. 낙엽송 사이로 비쳐 들
어오는 햇살이 축축한 느낌을 주고 있고, 여기저기 싱싱
한 숲에 내리쬐는 햇살에 눈이 아플 정도다. 그 낙엽송
속에서 돌연 웃음소리와 무언가를 외치는 소리가 새의
울음소리처럼 들려온다. 대여 자전거를 탄 젊은이들이나
가족이 떠들며 돌아다닌다. 비가 올 때는 잿빛 묘지와도
같았던 피서지에 어디서 나타났는지 사람들이 우왕좌왕
하기 시작하고, 남자도 여자도 모두 같은 셔츠를 입고 있
다. 모두 자신의 직업이나 신분은 도쿄에 버려두고, 여기
서는 별장족이나 쓰는 꼴사나운 말투를 흉내 내고 있다.
자외선이 강한 탓인지 사람들의 얼굴 하나하나에는 특징
도 윤곽도 없어져 누구라 할 것 없이 납작한 가면을 뒤집

나른한 봄날의 황혼

179

어 쓴 것처럼 보인다. 주위의 풍경마저도 너무 선명해 그림엽서처럼 경박하다. 도쿄의 분점인 양품점이나 찻집에 모여든 무리를 보며 그는 백화점의 마네킹을 떠올린다.

T와 가족에게 이끌려 알프스가 멀리 보이는 고개까지 산책하러 나선다. 고개에도 같은 모양의 자동차가 여러 대 서 있고, 같은 복장과 같은 표정을 한 피서객들이 여기저기 돌아다니고 있다. 찻집에서는 열 명 정도 되는 남녀가 떡을 먹고 차를 마시고 있다.

"더 먹지 않을래? 맛있는데."

그는 그 소리에 발을 멈춘다. 어떤 부인이 네다섯 살 되는 여자아이에게 떡을 먹이고 있다. 팥고물을 입 주위에 묻힌 여자아이가 그녀의 무릎에서 다른 여자의 무릎으로 옮겨갔다.

"이제 그만 먹이는 게 좋겠어요."

"구충제를 한번 먹였으면 좋겠는데."

그 여인은 그도 T도 의식하지 않는다. 고개를 옆으로 돌리고 또 다른 여자와 열심히 구충제 이야기를 하고 있다. 그 주위에는 왠지 옹색해 보이는 정장 차림의 남자들이 차를 마시고 있다. 햇볕에 그을린 뺨과 움푹 들어

엔도 슈사쿠 단편 선집

간 눈을 보아 그들도 그 고장 사람들이라는 것을 알 수 있다. 저녁 햇살이 그 부인의 얼굴에도, 또 다른 여자의 얼굴에도, 그리고 그 남자들의 얼굴에도 비친다. 그에게는 그 얼굴들이 모두 같아 보인다. 남자들 중 한 사람이 뭔가 농담을 하자, 그 부인도, 옆에 있는 여자도, 그리고 남자들도 입을 크게 벌리고 같은 소리를 내어 웃는다.

7월 초, 비 개인 뒤의 갑자기 맑고 무더운 오후였기 때문에 문을 열어둔 채 아주머니는 침대에 누워 있다.

"어떻…… 습니까?"

그는 미소를 띤 채 주뼛거리면서 그녀의 침대로 다가간다.

"네…… 여전해요……."

잠깐 자고 난 뒤여서인지, 아주머니의 이마는 땀에 젖어 있고, 땀에 젖은 얼굴에 머리카락이 두세 올 붙어 있다.

"당신, 위험을 무릅쓰고 세 번째 수술을 받더니 잘 됐군요."

그리고 아주머니는 가벼운 기침을 두세 번 한다. 본

능적으로 그는 몸을 뒤로 빼고 얼굴을 옆으로 돌린다.

"나았는데 이런 병원에 왜 와요." 민감하게 알아챈 아주머니는 가만히 그의 눈을 바라보고 조롱하듯 입술을 일그러뜨리며 말한다.

"싫죠?"

"무슨 말씀이세요."

"부인은 건강하세요? 아이는?"

"건강합니다."

작별인사를 하고 돌아서자 어려운 일을 끝낸 듯한 기분이다. 등으로 아주머니의 강한 시선을 느낀다. 그녀와는 달리, 갇혀 지내던 이 4층에서 건강한 몸이 되어 자유로운 세상에 나갈 수 있게 된 그를 그녀가 지금 어떤 기분으로 바라보고 있을지 알 수 있을 것 같다. 그가 병실 문턱을 넘으려 할 때 등 뒤에서 아주머니의 깊은 한숨 소리가 들린다.

여름 황혼 녘, 남자는 그 작은 의원의 대기실에 앉아 있다. 여자는 그의 옆에서 겁먹은 눈으로 니스 칠이 벗겨진 둥근 테이블을 바라보고 있다. 테이블 위에 표지가 찢

엔도 슈사쿠 단편 선집

어진 주간지와 주부 잡지가 아무렇게나 쌓여 있다. 남자는 물론 여자도 그 책들에는 손을 대지 않은 채 가만히 앉아 있다. 그들 뒤에 있는 창은 닫혀 있지만, 정원에 잡초가 무성하게 자라 있는 것을 남자는 아까 여기 들어올 때 보아 알고 있다. 그들이 앉아 있는 것은 낡고 긴 의자지만 맞은편에 놓여 있는 소파도 스프링이 망가져 있다. 맞은편에 진찰실이라고 쓰여 있는 잿빛 유리창이 보인다. 이 작은 의원에는 간호사도 없는 듯해, 불안을 느끼며 여기저기를 살펴본다. 벽에는 진료 요금표와 함께 '밝은 건강, 즐거운 생활'이라는 표어가 쓰인 포스터가 붙어 있다. 그 표어 밑에는 남자아이를 안고 있는 청년의 웃는 모습이 인쇄되어 있다.

잿빛 유리창에 비로소 사람의 모습이 비친다. 그 그림자는 작아졌다 커졌다 한다.

"들어오세요."

그림자는 지루한 목소리로 말한다. 남자도 여자도 가만히 있자 그림자는 큰소리로 외친다.

"들어와요!"

여자는 겁먹은 얼굴을 이쪽으로 돌리고, 잿빛 유리문

쪽으로 다가간다. 그때 울음소리와 같은 긴 한숨이 그녀의 입에서 새어 나온다. 어젯밤, 이 일에 대해 이야기를 나눈 뒤 헤어지려고 할 때 여자는 지금처럼 깊은 한숨을 내쉬었었다. 그녀가 문 손잡이를 잡고 약간 허리를 굽힌 채 안으로 들어갈 때, 스커트 밑으로 속치마가 살짝 보인다.

오랫동안 아무 소리도 나지 않는다. 잿빛 유리에는 이제 그림자도 비치지 않는다. 조용하다. 남자는 보험 영업사원처럼 무릎 위에 양손을 올려놓고 가만히 기다리고 있다. 그리고 아까 여자가 한숨 쉬던 것을 생각해 본다. 그는 '밝은 건강, 즐거운 생활'이라는 표어를 바라본다. 밖에 트럭이 지나가자 그 진동으로 창이 울려 희미한 소리를 낸다.

잿빛 유리에 갑자기 그림자가 움직인다. 그림자가 다시 사라진다. 긴 시간이 흐른다. 그림자가 다시 나타나고 문 손잡이 돌리는 소리가 난다.

"끝났습니다."

의사는 지저분해 보이는 진찰복의 단추를 잠그지 않고 있었기 때문에 쫄쫄이 셔츠에 무릎이 나온 바지를 입

엔도 슈사쿠 단편 선집

고 있다는 것을 알 수 있다.

"2시간 정도 여기 누워 있게 하는 것이 좋습니다. 그리고 가능한 한 움직이지 않도록 해서 돌아가세요."

남자가 가만히 있자, "여기서 기다리겠습니까?"라고 말을 건넨다.

그리고 그 의사는 왼쪽 복도 쪽으로 슬리퍼를 끌며 사라져 간다. 남자는 의자에 가만히 앉아 '밝은 건강, 즐거운 생활'이라는 표어를 바라보고 있다. 그 밑에는 아이를 안고 있는 청년의 웃는 모습이 인쇄되어 있다. "끝났습니다."라는 의사의 목소리, 여자의 한숨 소리가 귀에 아직 또렷이 남아 있다. 그는 그 목소리를 이렇게 이해했다. 그것은, 자신의 인생에 있어 있어서는 안 될 일로, 그 '있어서는 안 될 일'이 모두 끝난 것이라고. 그렇기 때문에 그는 그 의원의 일도, 잿빛 유리에 비친 그림자도 모두 잊어버려야 한다. 이 반 시간은 자신의 인생 가운데 존재하지 않았다고 생각해야 한다.

그 숙소에는 웅장한 녹나무가 있어서, 정원 한가운데에 차분하고 짙은 그림자가 생겨 안정된 분위기를 자아내고 있다. 녹나무의 가지는 연못 위로 뻗어 있고, 햇살이 비치는 수면에는 이따금 관상용 잉어가 튀어 오르며 손바닥으로 두드리는 듯한 물소리를 낸다. 그는 난간을 잡고, 그 잉어가 교묘하게 몸을 틀어 연못 아래로 모습을 감추는 것을 싫증 내지 않고 바라본다. 잉어는 여러 마리가 있는 듯, 물속에서 차례로 튀어 올라온다.

"관리는 즉시 열 살이 되는 유지로祐次郎를 관청으로 불러내 크고 둥근 참나무에 묶어 놓고 채찍으로 때리거나 코와 입을 찌르는 등 열흘 동안 교대로 고문했습니다. 그리고 알몸으로 대나무 마루에 앉혀 겨울바람을 맞게 했습니다. 쓰와노津和野의 겨울은 얼어붙을 만큼 춥습니다. 유지로는 몸을 웅크려 꼼짝 않고 참았지만, 14일째에는 온몸이 퍼렇게 부어올랐습니다. 그러자 당황한 관리는 누나인 마쓰를 불러내어, '동생은 병들었다. 열 살이 되었지만 네가 데려가서 돌봐라.'라고 명령했습니다. 그래서 마쓰는 자신이 갇혀 있는 여자 감옥으로 동생을 안고 왔지만 약도 음식도 있을 리 없습니다. 단지 어루만지거나 주무르거나 할 뿐입니다."

아들은 얼굴을 위로 하고 다다미 위에 누워 아내가 읽어주는 『쓰와노 순교 이야기』의 한 대목을 듣고 있다.

엔도 슈사쿠 단편 선집

진흙이 무릎 아래 두 군데에 묻어 있다. 제 엄마는 읽어 주느라 열심이지만, 아들은 재미없는 듯 천정을 향한 눈을 일부러 깜빡거려 보인다. 일본에는 곳곳에 그리스도교 신자가 순교한 '기리시탄切支丹 순교지'*가 있다. 내일 이 야마구치山口를 출발해 통과할 쓰와노도 메이지 시대 초기에 나가사키長崎 우라카미浦上에 살던 신자들이 유형되어 고생한 곳이다.

"유지로는 누이를 보고, '8일째가 되니까 더 이상 견딜 수 없었어. 이젠 어쩔 수 없다고 생각하고 있는데, 대나무 마루 맞은편 지붕에 있던 참새가 밥알을 새끼에게 물어다 주는 걸 보았어. 참새도 저렇게 새끼를 소중히 여기는데 내가 이대로 죽으면 예수님이 큰 상을 주시겠지, 라고 생각하니 고통을 참을 수 있었어.' 이렇게 해서 동짓달 24일이 되었는데, 유지로의 병세는 악화되었습니다. 그리고 '힘들지?'라며 우는 누이에게 '그렇게 힘들지

---

* 역주 ─ 기리시탄(切支丹) 순교지: 에도시대(1603~1868) 막부에 의해 기독교 박해가 본격화되자 숨어서 신앙을 지켜온 사람들을 일컬어 기리시탄이라 한다. 이 시기에 가장 많은 순교자가 배출된 곳이 나가사키(長崎)였으며, 쓰와노(津和野)도 순교지 중 한 곳이었다.

않아. 천국에 가면 누나를 위해 기도할게.'라며, 26일 아침에 숨을 거두었습니다."

정원 저쪽에는 토담이 이어져 있고, 거기에 밀감나무가 덮여 있다. 오렌지 빛깔의 큰 열매가 벌써 여러 개 달려 있다. 그는 책상 위에 지도를 펼쳐 놓고 내일의 코스와 일정을 살피기 시작한다. 가족 여행은 앞으로 이틀이면 끝난다. 아들과 아내가 언쟁을 하고 있다. 그는 그들의 이야기를 들으면서 창에 기대어 정원을 바라보고 있다. 문득 자신이 7년 전 지금과 같은 자세로 병원 창에서 눈 쌓인 병동과 정원을 바라보고 있던 기억이 되살아난다.

눈은 갇혀 지냈던 건물의 지붕도, 나른한 죽음의 냄새가 배어 있던 창틀 하나하나, 그 모든 것을 알아볼 수 없을 만큼 새하얗게 바꿔버렸다. 창문을 열자, 가루눈을 머금은 바람이 모든 불결한 것과 캄캄한 어둠을 날려버리듯 뺨을 때렸던 것도 기억하고 있다.

「中央公論」 1968년 8월호에 수록

분장하는 남자

그날 친한 친구가 영화 소품 가게에서 기모노와 하오리, 두건, 그리고 분장용 수염과 눈썹을 빌려주었다.

"수염과 눈썹은 의외로 비싸지만 정교하게 만들어져 있어 물에 적셔 붙이면 절대로 떨어지지 않는대."

친구는 리키치利吉를 부추겼다.

"빨리 입어봐."

거울 앞에 서서 나는 다도 선생이 입는 듯한 기모노와 하오리를 입고, 두건을 썼다. 색이 바랜 기모노는 지저분해 보였다. 하얀 수염과 눈썹을 붙이자 노인의 모습이 거울에 비친다.

"이야! 「미토고몬水戸黄門」* 같은데!"

친구는 손뼉을 치며 외쳤다.

"아무도 너라고는 알아챌 수 없겠어."

"정말?"

"정말이야. 이거 재미있는데."

한편으로는 우쭐해 하고, 다른 한편으로는 거북해 하면서 리키치는 거울 속 자신의 모습을 보았다. 그는 지금 40세의 중년이지만, 거울에 비친 모습은 일흔이나 일흔다섯의 노쇠한 노인의 모습이다. 게다가, 깨달음의 경지에 이른 노인이 아니라, 지금의 그와 마찬가지로 인생에 미련이 많고 욕심 많은 노인으로 보였다. 자신이 앞으로 20년이나 30년은 더 살 수 있다고 한다면(몸이 약한 그로서는 그 나이까지 살 수 있으리라고 생각되지 않았지만) 이런 얼굴과 이런 모습일 거라는 생각이 스치자 씁쓸한 느낌이 들었다.

---

* 역주 – 「미토고몬(水戸黄門)」: 인간시대극 「미토고몬」은 미토번 제2대 번주인 도쿠가와 미쓰쿠니(德川光圀, 1628~1701)를 모델로 한 드라마이며, 도쿠가와 미쓰쿠니의 다른 이름이다. 그는 17세기의 『대일본사(大日本史)』를 편찬한 인물이기도 하다.

"꼭 색을 밝히는 영감 같은 얼굴이네."

"아냐. 그렇게는 안 보이는데. 냄비 뚜껑 시합의 쓰카하라 보쿠덴 같은데."

이렇게 변장한 것은 특별한 목적이 있어서가 아니라 장난을 좋아했기 때문이다. 물론 아내에게는 비밀로 했다. 아내가 알면 잔소리할 게 분명하다. 그는 가족에게도 경박한 남자로 여겨지고 있었다. 그러나 어쩔 수가 없다.

그런 차림새로 친구가 운전하는 중고차를 탔다. 그의 집은 변두리에 있었는데, 차가 도쿄 안으로 들어서자 늘 그랬듯이 싸구려 빌딩이나 싸구려 광고가 눈에 띄기 시작했다. 하늘이 흐려서인지 빌딩 벽은 스산하게 느껴졌고, 지저분한 광고판 아래를 사람들이 바쁜 듯이 걷고 있었다. 건물도 사람도 그의 마음을 조금도 움직이지 못했다. 그것들은 그와 아무 관계 없는 물체였다.

"아, 지루해."

핸들을 움켜잡으면서 친구가 말했다.

"정말 지겨워."

"어떨까? 이렇게 하고 술집에 가면 선배나 친구들이 나를 알아볼까?"

"5분 정도는 못 알아볼 거야. 그러나 길게 이야기하면 안 돼. 그리고 움직여서도 안 돼. 아까부터 느낀 건데, 네 등에는 너무도 너다운 표정이 짙게 새겨져 있으니까 그들에게 보여선 안 되겠어."

얼굴과 몸은 그럴듯하게 꾸며낼 수 있지만, 등은 그렇지 못하다. 평소 그의 모습, 고독한 모습이나 쓸쓸함이 배어 나오는 것이다. 물론 자신은 상당히 신경 쓸 생각이지만, 잘 될지 모르겠다.

"그 점만 조심하면 괜찮을 거야."

차는 신바시新橋에서 왼쪽으로 방향을 틀었다. 과자 상자의 파라핀 종이를 구겨 놓은 것처럼 차들의 불빛이 현란하게 흐른다. 여기도 늘 같은 광경이다. 아무것도 변한 것이 없다.

친구와 그는 술집이 있는 빌딩 근처의 주차장에 차를 세우고 보도를 걸었다. 밤의 번화가에 어울리지 않는 그의 모습을 보고는 연인처럼 보이는 남녀가 놀란 듯 돌아보았다.

"이거 안 되겠어. 창피해서 안 되겠는걸."

엔도 슈사쿠 단편 선집

"무슨 이야기를 하는 거야? 도를 닦아, 도를."

두 사람이 빌딩 아래서 엘리베이터를 기다리고 있는데, 술집에서 나오는 중인지 계단을 내려온 중년 남자 셋이 미토고몬 차림새의 리키치를 보더니 전기가 장치된 인형처럼 몸을 경직시켰다.

"음."

취했는지, 얼굴이 검붉은 한 사람이 중얼거렸다.

"이렇게 나이 많은 분들도 놀러 오시는데, 우리도 분발해야지."

놀리거나 비꼬는 말투가 아닌 것으로 보아, 그 남자는 정말로 그렇게 생각한 것이 분명하다. 다른 두 명도 '음, 음' 하고 고개를 끄덕이며 빌딩을 나갔다.

"됐어, 됐어."

엘리베이터의 버튼을 누르면서 친구는 말했다.

"그거 봐. 저쪽도 너를 노인이라고 믿고 있어. 자신을 가져. 시작한 이상 부끄러워하지 마. 시작하자마자 그만두는 게 네 단점이야."

술집의 검고 무거운 문을 열고 친구가 먼저 안으로 들어갔다. 리키치도 뒤를 따라 들어갔다. 친구에게 그렇게 이야기를 들었음에도 불구하고 그의 몸은 위축되었고, 눈을 올려 뜰 수가 없었다.

지금까지 웃으며 떠들고 있던 손님과 여종업원의 목소리가 갑자기 끊어졌다. 많은 시선이 자신에게 쏟아지고 있는 것을 느꼈다. 얼굴을 수그리고 있었음에도 불구하고, 그는 다소 훈련을 쌓은 덕인지 그 시선이 경멸과 조롱이 아니라 놀라움과 당혹의 빛을 띠고 있다는 것을 확실히 느낄 수 있었다.

등을 보이지 않도록 하기 위해 그와 친구는 출입문 가까이에 앉았다.

"떨지 마! 바보같이."

친구는 작은 목소리로 말했다. 여자들은 꽁무니를 뺐는지, 옆에는 오지 않는다.

"누가 와 있어?"

리키치는 고개를 숙인 채 조용히 물었다.

"H가 와 있어. K도 있고."

H나 K는 리키치의 선배였다.

"저쪽은 나를 알아채지 못했나?"

"알아채지 못했어. 가능한 한 이쪽으로 얼굴을 돌

 엔도 슈사쿠 단편 선집

리지 않으려 하고 있지만, 이따금 흘끗흘끗 쳐다보고
있어."

가능한 한 이쪽을 보지 않으려 하고 있는 이상, 저쪽
이 알아채지 못하리라는 것은 확실하다.

"무엇을 드시겠습니까?"

옆으로 다가온 여종업원이 당혹한 표정으로 물었다.

"앉아."

친구는 용기가 나는지, 여종업원에게 말했다.

"잘 봐, 이 영감. 누군지 알겠어?"

"어머?"

여종업원은 선 채로 리키치를 잠시 살피더니 갑자기
괴성을 지르며 말했다.

"어머! 대단하네요. 분장하니까 몰라보겠어요. 놀랐
잖아요. 전혀 알아채지 못했어요."

그 목소리를 듣고 H도 K도 이쪽을 바라보았다. 여종
업원의 설명을 듣자 H는 황당한 표정을 지었다. 그의 뺨
에 검은 사마귀처럼 생긴 점이 있었다.

"자네는 왜 그런 바보 같은 흉내를 내고 있는 건가?"

"괜찮아. 상관 마. H는 도저히 이해 못 하니까."

밖으로 나오자 친구는 리키치에게 말했다. 리키치도 양주 두세 잔으로 벌게져서는 길을 걷는 사람이 쳐다봐도 부끄러운 생각이 들지 않았다. 외국인 남자 세 명이 지나가는 길에 뭔가 쾌활하게 소리치며 친구에게 물었다.

"나, 저 사람들한테 네가 일본 다도의 대가라고 했어. 감동한 듯이 너를 바라보고 있었어."

친구는 뒤로 따라붙더니 그렇게 이야기했다.

'넌, 뭘 원하고 있는 거지?'라는 음성이 바람에 날아온 휴짓조각처럼 이따금 머리에 떠오르고는 곧 사라졌다. 그 음성을 쫓아버리기 위해서 그는 전보다 더 노인다운 자세를 취하며 걸었다. 그러자 이상하게도 사람들은 별로 그를 돌아보지 않았다. 아마 그를 정말 노인이라고 생각했는지도 모른다.

걸으면서 그는 '아란'의 말을 떠올렸다.

"화가 나기 때문에 손을 올리는 것이 아니라, 손을 올리기 때문에 화가 나는 것이다."

그 말은 정말이다. 나는 중년 남자가 아니라 노인이다. 65세의 노인이다. 네가 앞으로 25년이 지나 변장이 아니라, 정말 늙은이가 되어 이 길을 지난다고 해보자. 술집 문이 열리며 손님을 배웅 나온 여자들이 뭔가를 떠들고 있고, 양장점 쇼윈도에 눈부신 색깔의 옷감들이 걸려 있고, 커피숍에서 얼굴을 마주한 청년과 아가씨가 뭔가를 이야기하고 있고, 자동차가 멈추며 화려한 차림의 여자가 내린다. 너는 무엇을 원하고 있는가? 그 모든 것은 65세의 노인과는 아무 상관없는 것들이다.

그때, 이런 모든 사물은 너에게 어떻게 보이고, 어떻게 느껴질까? 들떠서 이곳을 걸어 다니는 사람들을 질투할까? 아니면, 자신이 아직 살아 있다는 것을 자신에게 자각시키기 위해 숨을 몰아쉬면서 이 밤거리를 쏘다닐까? 그리고 모두에게 노쇠하고 보잘것없는 노인으로 여겨질까?

"아직 잘 모르겠어."

"뭐가?"

"노인 말이야."

리키치는 친구에게 말했다.

"노인이 되면 어떻게 될까? 중년인 우리는 아직 자기 잘난 맛에 살아가기 때문에 청년 시절과 그런 점에서 별로 차이가 없어. 청년은 젊다는 것만으로 용서되지. 젊다는 것만으로 다른 사람들이 만사를 관대하게 봐줄 거야. 중년도 마찬가지야. 중년은 여하튼 어떤 형태로든 사회에 도움이 되기 때문에 사회도 별일이 아니라면 묵인해 줄 거야. 하지만 젊음도 사라지고 아무런 도움도 안 되는 노인이 되면, 그렇지는 않을 거야. 추해지고 무용지물이 되었을 때, 사회는 냉혹해……. 그때 멋있게 살아갈 수 있을까?"

"모르겠어."

친구는 대답했다.

"다른 사람에게 짐이 되지 않게끔 살아갈 수 있을지 모르겠어."

"다른 사람에게 짐이 되지 않게끔 살아간다는 거, 정말 어려워."

리키치는 멈춰 서서 생각했다.

"그건 너무 어려워. 나로선 자신이 없어."

이렇게 분장을 하고 노인 행세를 하고서도, 노인에 대해 알 수 없다는 것을 그는 깨달았다. 너는 무엇을 원하고 있는 건가? 옆에 군고구마 장수가 있었다. 술집 여자 두세 명이 군고구마를 종이에 싸달라고 하고 있었다.

"어쩔 수 없군. 이렇게 하지."

리키치는 친구에게 제안했다.

"지금 우리가 있는 곳을 50대라고 하고, 여기서 똑바로 가서 처음 만나는 거리를 60대라고 하자. 그리고 그다음 거리를 70대라고 하자."

"70대까지 살 생각이야?"

"글쎄. 좋아. 어쨌든 거기까지 걸어가 보자. 나, 이 장난도 시시해졌어."

두 사람 앞에 저 멀리 전찻길로 이어지는 길이 똑바로 뻗어 있다. 그 길은 가로질러 나 있는 두 개의 길에 의해 직각으로 끊어져 있다. 50대의 길을 걸으면서 리키치는 그 나이가 된 자신의 모습을 상상해보려고 했다. 아직 지금과 마찬가지로 체력이 남아 있고, 지나다니는 아름다운 여자에게 눈을 흘끗 돌리거나, 쇼윈도의 화려한 물건을 보고 문득 발을 멈추거나 할까? 그는 아까 자신에게 "자네는 왜 그런 바보 같은 흉내를 내고 있나?"라고 한 H의 불쾌한 표정을 떠올렸다. 그는 50대다. 그의 뺨엔 검은 사마귀 같은 지저분한 점이 있었다.

"60대다."

친구는 말했다. 50대의 길은 이미 지났다. 여기는 조금 조용하고 어둡다. 아버지의 일을 떠올려 본다. 회사의 사장을 그만두고, 갑자기 외소해진 등으로 비 내리는 정원을 조용히 바라보고 있던 그 모습을 떠올린다. 그것은 패배자의 등이다. 무엇에 패했는지는 모른다. 그러나 패배자가 아니라면 그처럼 외소해진 등으로, 그와 같은 시선으로 묵묵히 정원을 바라볼 리는 없다.

"70대야."

친구가 말했다.

"이것으로 끝이야."

리키치는 막다른 골목에 등불이 꺼진 어두운 4층 건물이 있다는 것을 알아차렸다. 그 건물을 죽음이라고 하자. 자신과 그 건물 사이는 이제 별로 멀지 않다. 죽음의 시간이 다가올 때 인간은 어떤 생각을 할까? 노인의 고독이란, 이제는 되돌아갈 수 없는 것일까? 원래 있던 곳으로 되돌아가 다시 걸을 수는 없다. 인생을 다시 한 번 살 수 없다는 것을 이 나이 때 만큼 실감할 수는 없을 것이다. 그는 자신의 뒷모습에 많은 잔해를 질질 끌면서 여기까지 왔다. 그러나 그 잔해에 다시 생명을 불어넣어 줄 수는 없다. 그는 인생을 보상할 만한 시간조차 부여받지 못했다.

그러나 이날의 놀이에서 리키치는 다른 사람이 된다고 하는 희열을 맛보았다. 물론, 노인 분장을 했다고 해서 노인의 감정이나 고독을 알 수 있는 것은 아니다. 그가 느껴보려고 했던 것도 하나의 비유에 지나지 않았다. 그러나 한 시간이라도 자신이 아닌 다른 사람이 되고, 다른 사람으로 보일 수 있었던 것만으로도 말할 수 없는 쾌감을 느낀 것이다. 그것은 그가 결코 벗어날 수 없다고 생각해온 생명의 시간이나, 인간으로 어쩔 수 없는 인생의 법칙 같은 것을 잠깐 조롱한 듯한 우월감을 동반한 것이었다. 리키치는 앞으로 그러한 놀이를 몇 번이고 하고 싶다고 생각했다. 그리고 그는 친구에게 부탁하여 이번에는 빌리지 않고 아예 가발과 수염을 샀다. 그리고 잠깐 산책할 때도 일부러 안경을 바꿔 끼고, 눈썹을 붙이고, 외출을 했다.

이것으로 알 수 있었던 것은, 인간이라고 하는 것이 타인에 대해 얼마나 애매한 인식과 기억밖에 가지고 있지 않은가 하는 점이었다. 어느 날 그는 경마 마권수가 입을 법한 잠바에 코르덴 바지를 입고, 테가 두꺼운 검은 안경에 콧수염을 붙이고 신주쿠에 나갔다. 그는 그 차림으로 책방에 들러 책을 사고, 다방에서 커피를 마셨다. 아무도 그를 이상하게 여기지 않았다. 다만 책방의 여자 점원이 그가 책을 싸달라고 했을 때 잠깐 묘한 표정을 지었지만, 그것은 차림새에 어울리지 않는 책을 샀기 때문이었다. 리키치는 도리어 잘 되었다고 희열을 느꼈다. 그는 작은 찻집에서 뜨거운 커피를 천천히 마시며, 나는 지금 내가 아니라는 느낌을 느긋하게 즐겼다. 여기 의자에 앉아 찻잔을 입으로 옮기고 있는 이 인물은, 이 사회 어디에도 등록되어 있지 않은 비현실적 인간이다. 그것을 아무도 알아차리지 못한다고 생각하자 등줄기가 오싹해지는 듯한 묘한 쾌감이 솟아났다. 그리고 자신은 실재하는 인간이 아니기 때문에 사회의 도덕이나 규약에 대해서도 제약 받지 않는다는, 속 검은 해방감마저 느끼기 시작했다.

커피를 다 마시고, 그는 일부러 보도에 침을 뱉거나

엔도 슈사쿠 단편 선집

하품을 해대면서 역까지 걸어갔다. 그때, 저쪽에서 안면이 있는 편집자가 이쪽을 향해 걸어오는 것을 알 수 있었다. 리키치는 발을 멈추고 부끄러움을 참으면서, 도전하는 기분으로 그의 어깨를 부딪쳤다. 그러나 상대는 화난 듯한 표정을 지으며 리키치를 쳐다볼 뿐, 그대로 지나쳐 버렸다. 그가 리키치라고는 알아채지 못한 듯했다. 그때 현기증이 나는 듯한 기분을 등줄기에서 느꼈다.

"이렇게 재미있으리라고는 생각지 못했는데……."라고 그는 친구에게 말했다.

"하지만 이게 막다른 길처럼 생각되는군."

"어째서?"

"노인은, 별도로 분장 같은 걸 하지 않아도 이윽고 나이를 먹으면 되는 거잖아. 건달 차림을 해도, 글쎄, 그 느낌을 뭐라 하면 좋을까……. 지금과 그리 달라지는 건 없어. 거리는 지금까지 그랬던 것처럼 그 거리일 테고, 건물도 여전히 그 건물이겠지. 결국은 따분할 뿐이야."

그는 친구에게 잘 설명할 수가 없었다. 그런데 분장하고 걸을 때 그의 머릿속에는 '넌 뭘 원하고 있는 거야?'라는 소리가 바람에 날린 휴짓조각처럼 떠오르는 일이 있었다. 그래, 이런 천박한 장난을 통해서 너는 무엇을 바라고 있는 건가.

그런 생각을 할 때 리키치는 5년 전의 어떤 체험을 떠올렸다. 5년 전, 그는 두 번이나 큰 수술을 받았는데, 그두 번 모두 실패한 적이 있었다. 세 번째의 수술은 의사도 꽁무니를 뺄 정도로 위험했었는데, 리키치가 너무 재촉을 했기 때문에 병원 측도 수술을 단행하기로 했었다.

수술이 있기 전날 해 질 녘, 리키치는 병실 창에 얼굴을 대고 중정에 있는 나무를 바라보고 있었다. 이름을 알수 없는 나무였는데, 가지의 절반 정도 마르기 시작한 잎사귀가 바람결에 흔들리고 있었다. 리키치는 어쩌면 내일 자신이 수술대에서 출혈 과다로 죽을지도 모른다고생각했다(그의 늑막은 너무 유착되어 있었기 때문에 사실 의사는 죽을지도 모른다고 불안해 하고 있었던 것이다). 그리고그 바람의 움직임도, 가지에 매달려 있는 잎도 두 번 다시 보지 못할지도 모른다고 생각했다. 그 순간, 잎사귀하나하나가 마치 확대경을 댄 듯 섬세한 선마저 뚜렷이눈에 보이는 것이었다. 원인은 알 수 없었다. 그러나 그잎은 각각 자신의 존재를 나타내며 움직이고 있었다. 그

엔도 슈사쿠 단편 선집

때 그는 자신이 살아 있는 것과 마찬가지로, 이 잎들도 살아 있다는 것을 뼈아프게 느끼며 맛보았다.

그런데 다행히도 수술이 성공해서 2개월 후 다시 그 창 앞에 섰을 때, 잎은 완전히 떨어진 상태였다. 줄기도 가지도 평생 곁에 두고 본 낯익은 것처럼 평범하고 지루했다. 그리고 그 이후로는 그러한 느낌을 받지 못했다.

"나는 평생, 단 한 번이라도 좋으니, 내가 될 수 없는 무언가로 변해보고 싶어."

"네가 될 수 없는 것은 여자잖아."라며 친구는 웃었다.

"여자는 안 되겠어. 네 그 얼굴과 체격으로는."

여자로 분장하고 싶다는 생각은 리키치도 갖고 있었다. 어렸을 적, 사촌 여동생의 원피스를 재미삼아 입어본 적이 있었다. 그러나 그것은 장난삼아 해본 일에 지나지 않았다.

"나는 내 작품에서 여자에 대해 쓰지 않아. 아니, 쓰지 않는 게 아니고, 쓸 수 없는 거야."

"쓸 수 있게 된다면, 소설가로서 제 몫을 하는 셈이지."

"그런데 어떨까? 지금까지 소설 가운데 묘사해온 여자는 정말 여자인 걸까? 남자의 눈으로 본, 남자가 상상한 여자가 아닐까?"

예를 들어, 하나의 풍경을 앞에 두고 남자가 아름답다고 한다. 여자도 아름답다고 한다. 하지만 남자가 아름답다고 하는 감각과 여자가 아름답다고 하는 감각이 같은 것일까? 어쩌면 본질적으로 아주 다른 것이 두 사람에게 있어, 단순히 아름답다고 하는 애매한 언어로 표현되어 있을지도 모른다. 성의 감각이 남자와 여자가 아주 다르듯이, 그 외의 감각도 비슷한 듯하지만, 실은 전혀 다른 것이 아닐까? 하지만 리키치로서는 그것조차 알 수 없다.

그때까지 리키치는 오카마*를 만난 적이 없었는데, 마음을 먹자 갑자기 이야기를 나누고 싶어졌다. 자신이 여성이 될 수 없기 때문에 남자이면서 여자 행세를 하고 있는 오카마들을 만나보고 싶어졌던 것이다. 그의 동료 가운데 Y라는, 그 세계에서도 통하는 친구가 있었다.

---

* 역주 – '오카마'는 여장을 한 남성을 일컫는다.

"응. 그럼, 아사쿠사浅草의 은단 광고탑 쪽에서 요시와라吉原 방향으로 가다가, 그 사거리에서 오른쪽 길로 조금 가면 K라는 가게가 있어."

생각이 깊은 Y는 리키치가 왜 그곳에 가는지를 묻지 않고, 즉시 길을 가르쳐 주었다.

해 질 녘, 비가 내리고 있었고 택시 기사는 가르쳐준 가게를 찾아 차를 몰았다.

"저건가? 술 마시는 곳이 아니에요. 술집이긴 한데……."

등불이 매달려 있는 술집에 리키치는 살그머니 들어갔다. 아직 손님은 없다. 젊은 바텐더가 컵을 천으로 닦고 있고, 벽에는 여자 사진이 두세 장 붙어 있었다.

"사키 씨 있어요?"

Y가 가르쳐준 이름을 대자, 바텐더는 가게 뒤로 사키 씨를 찾으러 갔다. 입구 저쪽에서는 가는 비가 내리고 있다. 나막신 소리가 나고, 대충 입은 기모노 차림의 여자가 춥다며 손을 비비면서 들어왔다.

"미안하지만, 사키 씨는 지금 자리에 없어요. 나는 안 되겠어요?"

목소리가 낮은 것으로 보아 오카마임을 즉시 알 수 있었다. 리키치는 그녀의 목에 목뼈가 튀어나와 있고 손이 남자처럼 크다는 것을 알아챘다.

"당신, 이런 데 올 사람이 아닌 것 같은데요."라고 오카마는 말했다.

"그걸 즉시 알 수 있나요?"

"그럼요. 그런 손님과 그렇지 못한 손님은……."

맥주를 가지고 왔지만, 리키치는 무슨 이야기를 해야 할지 알 수가 없었다. 쓸데없이 혐오감 같은 것을 얼굴에 띠어 상대방의 자존심에 상처를 입혀서는 안 되겠다는 생각에 작은 목소리로 일반적인 이야기를 했다. 그렇지만, 물어야 할 것은 물어야 한다.

"저 사진……."

그는 벽에 눈길을 주며 말했다.

"당신과 사키 씨?"

"맞아요. 사진 가운데가 나, 오른쪽이 사키 씨예요."

오카마는 여자처럼 가슴을 볼록하게 만드는 방법 등을 설명한 후에 그에게 옷 위로 자신의 가슴을 만져보게 했다. 봉긋하고 부드러운 것이 정말로 여자의 유방과 같았다.

"남자일 때하고 이렇게 여자 분장을 하고 있을 때하고, 느낌이 다르겠죠?"

"무슨 뜻이에요?"

"결국 말이에요. 당신이 남자로서 하늘 빛깔이라든가 나무를 볼 때 느끼는 것과, 이렇게 여자로 분장하고 있을 때하고 느낌이 다른가요?"

"그건 다르죠. 하지만 나, 어렸을 때부터 나 자신을 여자로 생각했었던 걸요. 그때는 불행했지만, 지금은 그때와 비교하면……."

"아니, 그런 걸 묻는 게 아니고, 풍경이든 뭐든, 그것을 볼 때의 느낌이 달랐는지를 묻고 있는 거예요. 남자일 때와 여자일 때……."

"그건 같아요. 경치가 같은 걸요. 다르지 않아요."

"그건, 당신이 아직 완전히 여자가 되지 않았기 때문이지 않을까?"

"완전히 여자가 되려고 생각은 하지만, 아이를 낳을 수 없다는 사실에 직면하면 자신이 여자가 아니라는 것을 생각하게 돼요. 그래서 여기 마담은 입양을 하라고 말하고 있긴 하지만요."

"내가 듣고 싶은 이야기는 그런 외적인 것이 아니고, 어떻게 말하면 좋을까?"

리키치는 말을 우물거렸다.

"이를테면, 세상이 달라져 보이는지, 묻고 있는 거예요."

"그럼, 생활은 바뀌죠."

아무리 이야기를 반복해도 오카마는 리키치의 질문을 이해하지 못하는 듯했다.

개운치 못한 기분으로 그는 가게를 나왔다. 오카마는 또 오라고 상냥하게 말하며, 아직 비가 내리는 가게 밖까지 배웅해 주었다.

걷고 있는데, 머릿속에 또 다시, '넌, 뭘 원하고 있는 거지?'라는 말이 바람에 뒹구는 휴짓조각처럼 떠오른다. H가 왜 그런 바보 같은 장난을 하느냐고 했지만, 리키치 자신도 그렇게 생각한다.

눈앞에 도로가 쭉 뻗어 있다. 길 양쪽에는 약국이나 자전거 가게 등이 늘어서 있다. 전신주가 비에 젖어 있

엔도 슈사쿠 단편 선집

고, 그 아래에 낡은 신문이 떨어져 있다. 저쪽에서는 아사쿠사의 등불이 빗속에 어른거리고 있다. 그 풍경들은 그가 다른 곳에서 본 것과 같은 것이다. 외부 세계는 그를 움직이지 못한다. 수술 받기 전날, 이름도 모르는 나무가 그의 마음을 파고든 것처럼 이 초라한 풍경들에서 그것을 느끼지 못한다. 마치 혁명이 일어난다 하더라도 이 풍경은 바뀌지 않을 것이 분명하다. 그렇다면 도대체 넌 뭘 바라고 있는 것인가. 어느 날, 타는 듯한 석양으로, 이 집과 이 건물, 이 전신주, 그리고 이 길이 피처럼 붉게 물들어 지금까지 리키치가 본 적 없는 세계로 바뀌지는 않을까. 그러나 그것을 통해서 너는 무엇을 바라고 있는 건가.

「新潮」 1967년 1월호에 수록

흐린먼지

여기에 오니 갑자기 공기 맛이 다르다. 깨끗하고 상
쾌한 기분이 든다.

　오다큐선小田急線을 타고 신주쿠에서 40분 정도 오면,
점차 승객들의 수가 줄어들기 시작해, 다마가와多摩川를
지날 무렵부터는 여기저기에 빈자리가 눈에 띈다. 경계
선 같은 것이 있는 것도 아닌데 잠깐 사이, 어디서부턴
가 공기가 상쾌해지며 공기 맛이 달라지는 것이다. 그럴
때 그는 비로소 도쿄에서 벗어났다고 실감하는 한편, 집
이 가까워졌다는 안도감에 몸을 맡긴다. 무리를 하긴 했
지만, 역시 이곳에 집 짓기를 잘했다고 생각하며 만족해
한다.

어쨌든, 이사한 지 벌써 2년이 되었다. 가을에 코스모스가 핀 작은 역에 내리면 길 양쪽에 이것저것 열 채 정도 되는 상점이(야채 가게나 생선 가게 외에 약국도 있고 이발소나 의원도 있다) 늘어서 있고, 그 뒤로 소나무밭과 언덕으로 둘러싸인 주택이 늘어서 있다. 이곳엔 언덕이 많다. 이곳의 언덕은 다마가와가 현재의 장소가 아니라 길고 긴 세월 속에서 수차례나 물줄기가 바뀌며 흘러온 토사에 의해 만들어졌다고 한다. 그 토사가 굳어지고 거기에 여러 나무가 무성하게 자라나 있다. 요즈음 그 경사면을 이용하여 스킵풍*의 주택이 점점 늘어나고 있다. 그의 집도 —15년 상환 조건인데— 그중 하나로 수도는 있지만 아직 하수도는 없는, 프로판 가스를 써야 하는 그런 집이다. 그러나 이곳의 상쾌한 공기는 그런 불편함을 잊게 했다. 상당히 잘려나가긴 했지만, 아직 남아 있는 소나무의 상쾌한 향기가 그 공기에 배어 있었고, 그 소나무 숲 사이로 단자와丹沢 산이나 아시가라足柄 산이 파랗게 보인다. 봄이 되면 경사면에 뱀밥이나 쑥이 많이 자란다.

---

* 역주 – 스킵(skip)풍의 주택, 즉 한 집씩 건너뛰어 짓는 형태.

도쿄에서는 본적이 없는 야생 조류가 물을 뿌린 정원에
까지 날아온다. 게다가 무엇보다도 그를 기쁘게 하는 것
은 소음이 전혀 들리지 않는다는 점이었다.

"이거 봐. 도쿄에 잠깐 갔다 오면 스모그 때문에."

그는 집으로 돌아와 와이셔츠를 벗어 아내에게 보
였다.

"이렇게 옷깃이 새까매져. 도쿄 같은 데서 살게 아냐.
도쿄는 일하는 곳이지, 사람 살 곳이 못 돼."

그는 도쿄에 가는 것이 내키지 않았다. 스모그나 차
량 소음뿐만 아니라, 도쿄는 너무 빨리 변해서 그로서는
도저히 따라갈 수 없는 느낌이 들었던 것이다. 변화한다
하더라도 그가 받아들일 수 있을 정도로 서서히 바뀌었
으면 싶었다. 그런 도쿄에 비해 이곳은 아직 동네가 작아
그의 손에 잡힐 듯했다.

이사 왔을 때, 도화지에 검은 잉크로 이 작은 동네의
지도를 그려 보았다. 철로와 역, 그리고 열 채의 상점과
파출소, 우체국, 양계장을 그려 넣고, 일요일 산책길까지
도 빼지 않고 그려 넣었다. 그러자 이 동네의 모든 것이
손에 잡히는 듯한 느낌이 들었다.

하긴 불편한 점이 전혀 없는 것은 아니다. 언덕의 경사면이 깎인 채 방치되어서인지 초봄, 바람이 세찬 날에는 모래 먼지가 불어오는 일도 있었다. 그가 이사 온 해에는 그다지 심하지 않았는데, 최근 1, 2년 사이에 새로운 주택지를 만들기 위해 여기저기 소나무 숲이 훼손되고, 불도저가 움직이기 시작하면서 흙먼지가 그의 집까지 날아왔다. 아침마다 걸레로 열심히 닦아대지만, 저녁이 되면 마치 이틀이나 깎지 않은 수염처럼 거무스름해져 버린다. 창틀도, 선반 위도, 전등갓에도 흙먼지가 쌓여 있다. 그러면 가족 중에 제일 키가 큰 그는 다른 사람 눈에 안 띄는 곳까지 보이기 때문에 깨끗이 닦도록 큰소리로 잔소리를 한다. 먼지는 자세히 보면 작은 회색빛의 알갱이들인데, 조금 쌓여 있는 것을 보면 흙이라는 것을 잘 알 수 있다.

"벽이 칙칙해졌어."라고 그는 가족에게 말했다.

"흙먼지 때문인가요?"

수직인 벽에 흙먼지가 쌓일 리는 없다고 생각했지만, 틀린 생각이었다. 벽지 표면에 눈에 보이지 않는 흙먼지가 붙어 있는 것이다. 벽지만이 아니라 벽에 걸린 액자

엔도 슈사쿠 단편 선집

유리에까지 흙먼지가 붙어 있어 그림의 색채마저 흐릿하게 보인다.

일요일, 그는 그 흙먼지의 원인인 완전히 깎여 나간 언덕 주변을 산책했다. 해 질 녘으로, 때마침 저녁 햇살을 정면으로 받고 있는 맞은편 소나무밭은 검붉게 물들어 있었다. 이쪽으로, 무참히 파헤쳐져 나무 한 그루 없이 완전히 드러난 언덕의 불그스름한 지면에는 불도저 한 대가 방치되어 있고, 그 불도저 바퀴 자국이 선명히 남아 있었다. 그런 광경을 어떤 그림책에서 본 듯했지만, 어느 책인지 누구의 그림인지 생각이 나지 않는다. 언덕 위에서 바라보니 주택이 평지의 절반을 메우고 있었다. 주택들은 오다큐小田急 회사의 분양 주택으로, 지붕이나 벽의 색깔이 조금 다를 뿐, 어느 집이나 모양이 같았다.

자신의 발 근처에 갈색의 접시 조각 같은 것들이 흩어져 있는 것이 눈에 띄었다. 무심코 그 접시 조각을 주워 보니, 새끼로 문지른 듯한 흔적이 있다. 아니, 이거 조몬繩文[*] 토기가 아닐까? 분명 그렇다. 색깔을 보나 문양을 보나, 잘 알려진 조몬 토기 조각이 분명하다.

조심스럽게 주위를 살피자, 여기저기에 조각들이 흩어져 있다. 부서져 가루가 된 것이 있는가 하면, '센베이' 과자 정도의 큰 조각도 뒹굴고 있다. 그러나 완전한 형태는 하나도 없다. 아무것도 모르는 불도저 기사가 완전히 밀어버린 것이다. 그렇다면, 이 언덕 일대는 고대인들이 살던 곳이었단 말인가? 그것을 이제껏 아무도 모르고 있었다고 한다면 이것은 굉장한 사건이다.

조각 하나를 가지고, 급히 집으로 달려왔다. 이 발견을 모두에게 알려야겠다고 생각해서였다. 그는 흥분한 목소리로 가족에게 조각을 보여주고서는, 서둘러 수첩을 꺼내 무라코시村越에게 전화를 걸었다. 학창시절부터 친구인 무라코시는 고등학교 역사 선생이었다.

"아! 그래? 그렇겠네."

그의 기대를 저버리고 무라코시는 별거 아니라는 투로 말했다.

---

[*] 역주 - 일본의 조몬시대(繩文時代: B.C. 1만년~B.C. 4세기경)인 신석기시대의 줄무늬 토기.

엔도 슈사쿠 단편 선집

"그 주변은 고대인의 주거지가 상당히 많은 곳이야. 우리도 학생들을 데리고 발굴한 적이 있어. 확실한 것은, 자네가 사는 근처의 M시에는 그 주거지가 보존되어 있을 거야."

"그렇다면, 이건 별거 아닌 건가?"

"그렇지는 않지만, 최근 도쿄 근처에서 상당히 많이 발견되니까 말이야."

그는 낙담한 기분으로 수화기를 내려놓았다. 손에 든 조각은 이제 흔한 돌멩이나 잡동사니처럼 보인다. 그것을 전화기 옆에 놔두었더니 2, 3일이 지나자 가족 누군가가 내다 버렸다.

하지만 그 후 그 언덕으로 산책하러 갈 때, 그는 아래 평지에 흩어져 있는 집들을 쳐다보면서, 아주 옛날, 지금의 자신과 마찬가지로 여기서 살던 사람들이 어떤 생활을 했을지 생각해 보곤 했다.

다마가와는 당시, 지금의 물줄기가 아니라 이리저리 물줄기를 바꾸면서 흘렀다고 한다. 그것이 사실이라면, 아마 고대인들은 오랜 방랑 생활 끝에 물을 찾아 이 주변을 정착지로 정했던 것이리라. 그들은 다마가와에서 고기를 잡고, 부근의 언덕에서 수렵을 하며, 그리고 지금 자신이 바라보고 있듯이 오야마大山 산이나 단자와 산의 산줄기를 황혼 녘에 바라보고 있던 것이 분명하다. 그리고 그들이 살고 있던 거주지나 그들의 무덤 위에 오랜 세월에 걸쳐 흙먼지가 쌓여, 마침내 흙먼지가 그 흔적들을 완전히 덮어버렸을 것이고, 그 위에 침엽수나 떡갈나무나 소나무가 무성히 자랐을 것이다.

불쾌하게 느껴졌던 흙먼지가 그렇게 싫게 느껴지지 않게 된 것은 그 이후부터였다. 창틀이나 툇마루에 쌓인 잿빛 먼지를 입으로 불면서, 그는 이것이 조각난 토기를 사용하던 고대인들 삶의 흔적이라고 걸레질을 멈추며 생각에 잠긴다. 더러는 인생이 끝난 뒤, 그 위에 눈에 보이지 않는 먼지가 계속 쌓이고 쌓여 흔적도 남기지 않고 모든 것을 지워간다는 사실에 감동마저 느낀다.

어느 날 아침, 도쿄에 가려고 역으로 나갔는데 안면 있는 역 직원이 방금 쓴 듯한 종이를 개찰구 옆 벽에 붙이고 있었다. 아직 마르지 않은 매직 잉크가 젖은 듯 빛나고 있었다.

엔도 슈사쿠 단편 선집

'어젯밤 오후 10시 25분, 당 역에 도착한 전차를 타셨던 분은 파출소에 연락 바랍니다.'

"무슨 일입니까?"

역 직원에게 묻자, "술 취한 사람이 어젯밤, 연못 근처에서 싸웠는데요."라며 말을 꺼낸다. 역 뒤편에 걸어서 5분 정도 거리에 연못이 있는데 그다지 크지 않은 그 연못에서 아이들이 자주 개구리를 잡고 있는 것을 그도 본 적이 있었다.

"당사자들이 10시 25분 전차에서 내려서 싸움을 하고는……. 그중 한 사람이 귀가해서 뇌출혈로 죽었다고 해서요."

"그렇다면, 살인 사건이군."

"경찰서의 지시로 그 상황을 목격한 사람을 찾고 있는 거예요."

그는 잠시 개찰구 앞에 멈춰 서서 그곳을 지나치는 사람들의 반응을 살폈다. 그러나 개찰구를 빠져나가는 사람도 나오는 사람도, 그 쪽지를 쳐다보는 사람은 거의 없었고, 쳐다보았다 해도 아무 관심도 기울이지 않고 그냥 가버리는 것이었다. 하늘이 맑게 개어 있고, 역 앞의

진달래가 아름답게 피어 있는 날, 살인 사건이 있었으리라고는 그 누구도 생각하지 못했을 것이다.

그런데 저녁 때 집에 돌아와 보니, 동네 여인네들은 그 사건을 알고 있었다.

"야채 가게에서 모두들 이 소문으로 떠들썩해요."

지금까지 사건이라고 해야 좀도둑 정도밖에 없었던 동네였기 때문에, 가령 술주정뱅이의 싸움이라 하더라도 사람이 죽었다고 하면 여인네들의 입방아에 오르기에 안성맞춤인 듯했다.

"죽은 사람은 얌전한 회사원이었대요. 아이는 하나고요, 부인은 정신이 나간 듯 멍하니 있다고 해요."

"어느 집이지?"

"누구요?"

"죽은 사람 집 말이야."

"오다큐 주택가래요."

오다큐 주택가라고 하면, 언젠가 그가 토기 조각을 주운 저녁, 언덕 위에서 내려다 본 평지에 세워진 집들이다. 그중 어느 집인가가 죽은 회사원의 집일 것이다. 그는 그날 빨래를 널고 있었거나, 아이들이 그 앞에서 놀고 있던 집들을 문득 떠올렸다.

"그 사람 부인, 아이를 데리고 규슈九州로 돌아간대요. 아침에 건강한 모습으로 나갔는데 밤에 그렇게 덜컥 죽다니."

아내는 가만히 그의 얼굴을 바라보았다.

"돌아오는 전차 같은 데서 술주정꾼은 상대하지 말아요."

"알았어."

다음 날 그는 도쿄로 가는 도중에 일부러 길을 돌아 오다큐 주택가를 들렀다. 물론, 이름도 알지 못하기 때문에 같은 모양의 집들 가운데 어느 것이 죽은 회사원의 집인지 알 수가 없다. 문상객을 위한 안내문조차 전신주에 붙어 있지 않은 것은 살인 사건이기 때문일 것이다. 창에 이불을 널어 둔 집이 있는가 하면, 우유함 뚜껑이 망가져 있는 집도 눈에 띈다. 작은 자가용을 현관 옆에 무리하게 주차한 집도 있다.

거기서 역으로 가는 길, 오른쪽 가까이에 폐허가 된 언덕이 보였다. 그곳은 필시 그의 집 쪽보다 흙먼지 바람이 더 심할 것이다. 그리고 어젯밤에 죽은 회사원은 그 언덕을 바라보면서 매일 아침 회사에 다녔으리라.

역을 향해 발걸음을 서두르는 샐러리맨들이 이 집, 저 집에서 모습을 드러낸다. 집 문까지 아내의 배웅을 받으며 나오는 이도 있다. 집을 나서자 그들의 표정이 갑자기 굳어진다.

평범한 가정의 남편에서 갑자기 샐러리맨의 얼굴로 바뀌는 것이 그는 재미있었다. 그도 그들 속에 섞여 죽은 남자가 매일 다녔을 길을 통해 역으로 향했다.

일요일, 전철을 타고 여기서 두 번째 역인 M시에서 내렸다. 시라고는 하지만 그가 살고 있는 신흥 주택지와 부근의 동네까지 포함해 시로 승격된 지 이제 10년 정도 됐기 때문에 도서관도 중학생이나 고등학생의 학습실로 쓰일 뿐, 좁은 독서실에 그와 같은 어른은 한 명도 없었다.

"이 지역의 역사가 기록된 책은 없습니까?"

교과서를 펼쳐 놓고 영어 사전을 찾고 있는 접수처의 여자아이에게 물었다.

"이 지역의 역사 말이에요?"

"네. 지역 역사서 같은 책이 있으면."

안경을 쓴 소녀는 모르는 듯, 사무실이라고 쓰인 방으로 물어보러 갔다. 열린 문 안쪽에서 "그런 책은 없어."라고 무뚝뚝하게 답하는 남자의 목소리가 들려왔다. 그는 자신들이 사는 지역의 역사 자료조차 갖춰 놓지 않은 이 도서관에 대해 약간 분노를 느끼면서 집으로 돌아왔다.

"그렇다면 여기도 도쿄와 똑같아."

그는 몹시 화를 내며 가족에게 말했다.

"자기가 사는 지역의 역사도 모르고 어떻게 애착을 가질 수 있겠어?"

그는 무라코시에게 전화를 해 자초지종을 이야기하고, 이 지역 역사에 대해 쓴 책을 빌려달라고 부탁했다. "그러니 꼭 향토사가 같은데."라며 무라코시는 웃었다. 그리고 일주일 정도 지나자 네다섯 권의 책이 소포로 배달되었다.

"다들, 알고 있어?"

다음 날부터 그는 반짝이는 눈을 하며 저녁 식사 자리에서 가족들에게 말했다.

"우에스기 겐신上杉謙信이 여기까지 왔었어. 이마가와 요시모토今川義元의 아버지도 공격해 왔었어."

가족들은 젓가락을 움직이며 의무적으로 놀란 반응을 보였지만, 그 이상 흥미가 없다는 듯이 「도쿠가와 이에야스德川家康」라는 텔레비전 영화에서 요시모토나 이에야스 역을 맡은 배우 이야기로 옮겨갔다.

우에스기 겐신의 군대가 그가 살고 있는 이 근처까지 공격해 온 것은 에이로쿠永禄 2년(1559년)이다. 고가쿠보 아시카가요시우지古河公方 足利義氏를 옹립하는 호조 우지야스北条氏康와 일전을 치르기 위해 겐신의 군대는 오다하라 성小田原城을 향해 가는 길인 이곳 일대에 불을 지르고 진군했던 것이다. 그리고 이마가와 요시모토의 아버지인 우지치카氏親는 에이쇼永正 3년(1504년)에 호조 소운北条早雲과 연합해서 야마우치 우에스기 아키사다山内上杉顕定를 공격하기 위해 이곳을 지나갔었다.

무라코시가 빌려준 책을 넘기면서 그는 자신이 살고 있는 부근의 지명이 나오면 묘한 흥분을 느꼈다. 고대인이 살던 구릉이 후에 호조 가문의 외성이나 요새로 사용되었다는 사실도 이 책을 보고 알았기 때문이다. 그는 자

엔도 슈사쿠 단편 선집

신이 만든 지도를 펼쳐 놓고 고성의 위치를 빨간 펜으로 표시했다. 그리고 언젠가 연휴에 자전거를 타고 사람들이 찾지 않는 그 성의 유적지에 가보려고 생각했다.

키우고 있던 구관조가 어느 날 아침에 죽었다. 1년 전 어느 날 밤, 밖에 내놓은 카나리아가 뱀한테 먹힌 적이 있었기 때문에 이번에도 들쥐나 뱀의 소행이 아닐까 하고 생각했지만, 죽은 구관조의 몸에는 상처 하나 없었다. 새장 안에 검은 깃털 하나가 떨어진 채로 바닥에 뒹굴고 있었다. 눈에는 종이처럼 하얀 막이 덮여 있었다.

이 구관조는 그가 이곳에 오기 전, 오랜 입원 생활을 하고 있을 때부터 키우던 것이다. 병세가 좋지 않던 그는 매우 위험한 수술을 받기로 되어 있었다. 확실히 말하지는 않았지만, 의사의 안색으로 보아 그 수술의 성공률은 절반 정도라는 것을 그는 느끼고 있었다.

오랜 입원 생활로 그는 지쳐버렸고 누구도 만나고 싶어 하지 않았다. 문병객이 건네는 상투적인 위로의 말에 고개를 끄덕이며 듣는 것이 괴로웠기 때문이다. 그때 그런 그를 위해 아내가 그 구관조를 사다 주었던 것이다.

그는 사람도 아니면서 노랗고 긴 주둥이로 사람의 말을 따라 하는 이 새가 처음에는 어쩐지 기분 나빴다. 그러나 이윽고 이 새가 한두 마디 그의 목소리와 똑같은 소리를 내며 그가 가르쳐준 말을 따라 하기 시작했을 때, 자신이 수술로 인해 죽으면 그 소리가 마치 단 하나의 유품으로 가족에게 남겨진다고 생각하자 우스워졌다. 그런데 한밤중, 이것저것 불안한 미래의 일을 생각하며 잠을 이루지 못할 때, 회색의 작은 병실 속에서 이 새만이 가만히 그를 바라보고 있다는 것을 알자 묘한 감동을 받았다. 그는 자신의 분신이라고 하면 과장이겠지만, 그와 비슷한 감정을 점점 이 새에게 품기 시작했다.

"죽었나?"

"죽을 때가 됐어요. 동물을 키우는 것은 괜찮지만, 죽을 때가 정말 싫어요."

키우고 있는 것 가운데 죽음을 느끼게 하지 않는 것은 송사리뿐이다. 죽어서 수면에 떠다니는 금붕어의 불룩한 배는 언제나 그에게 죽음을 느끼게 했다. 다리를 오므리고 드러누워 있는 구관조를 잠시 손바닥에 올려놓았는데, 이미 온기는 없고 벌써 부패한 냄새를 희미하게 피

엔도 슈사쿠 단편 선집

우고 있다.

"묻어줘야겠어."

어린 시절 그러했듯이 그는 이번에도 정원에 무덤을 만들었다. 무덤이라고 하지만, 땅에 묻고 그 위에 작은 돌을 하나 올려 놓는 정도다(2개월 정도 지나면 이 새도 흙이 되어 버리겠지).

그는 토기가 흩어져 있던 언덕 쪽으로 눈을 돌렸다. 공사는 그때 이후로 방치되어 있고, 불도저는 이슬비에 젖어 있다. 그것은 묘하게도 고독을 느끼게 했다.

M시의 도서관 가까이에 장애인을 위한 운전 교습소가 있어서 이따금 그 옆을 지나다니는 경우가 있다. 교습소라고 하지만 일반 교습소처럼 훌륭한 시설이 아니고, 좁은 부지에 여기저기 금이 간, 임시로 설치한 직선 코스와 통나무 봉을 늘어놓은 커브 코스 정도가 있을 뿐으로, 배우는 사람은 거의 없다. 하얀 먼지를 뒤집어쓴 잡초가 여기저기 무성하게 자라 있다. 대낮, 그 옆을 오다큐 전차가 노곤한 소리를 내며 이따금 지나다닌다.

그러던 어느 날, 그가 그곳을 지나치는데, 걸음걸이

가 부자연스러운 청년이 교습소 직원과 이야기하면서 중고차에 다가서고 있었다. 청년은 간신히 운전석에 올라타 차를 움직이기 시작했다.

다리뿐 아니라 손도 부자유스러운 듯, 이쪽에서 보더라도 핸들을 잘 움직이지 못한다. 차는 직선을 달릴 때도 비틀거리듯 조금 움직이다가 멈춰 선다. 지도하는 중년 남자는 참을성 있게 청년을 가르치고 있다.

그는 두 사람이 운전 연습을 하는 모습을 잠시 바라보았다. 아무리 해도 잘 되지 않는다. 보고 있는 자신이 안타까울 정도였다. 오다큐 전차가 천천히 그 옆을 지나칠 때 하얀 먼지를 뒤집어쓴 잡초들이 흔들거리고, 귀뚜라미 소리가 풀숲에서 간간이 들려온다. 그리고 그 청년의 일은 잊어버렸다.

언젠가 무라코시가 가르쳐준 고대인의 주거지도 그 교습소에서 그리 멀지 않았다. 찾아가 보니 농가 뒤쪽에, 글씨를 읽을 수 없을 만큼 거무스름하고 낡은 게시판이 도로 가에 세워져 있었다. 그곳은 최근 500m 전방에 생긴 국도로 통하는 길이었기 때문에 끊임없이 차가 지나다니고 있었는데, 물론 신경 쓰는 사람은 아무도 없다.

엔도 슈사쿠 단편 선집

그는 빈 깡통이 뒹굴고 이상한 냄새를 피우는 숲을 지나 그 고대인의 주거지를 찾아갔다. 바라크로 지붕을 처리한 지면에는 단지 작은 돌멩이가 원형으로 파묻혀 있을 뿐으로, 그것이 아궁이라는 것을 알아채기까지는 약간 시간이 걸렸다. 만일 게시판이 없다면 고대인의 주거지인지 알아볼 수 없을 정도였다. 아마도 여러 종류의 유적이 이 아궁이 주변에 있었겠지만, 오랜 세월 동안 조금씩 훼손되었을 것이다.

"보러 오는 사람이 있습니까?"

근처의 농가에서 아이를 놀리고 있는 여자에게 묻자, 좀처럼 없다고 한다. 옛날에는 유적이 좀 더 많지 않았는지 묻자, 모른다고 답했다. 시 문화재로 지정되고 나서 헐어내지도 못하고 곤란하다는 이야기다.

"거기에 차고를 세우려고 생각 중이에요."라고 그녀는 말했다. 도로 가에 새 소형 삼륜차가 세워져 있다. 이 주변의 주민은 부동산 붐 덕에 다들 차를 사거나 집을 증축하고 있다. 거기에 서서 보니, 멀리 단자와 산이나 아시가라 산이 강한 햇살 속에서 희미하게 보이고, 구릉에 둘러싸인 평지에 흩어져 있는 공장에서는 천천히 연기가 솟아오르는 것이 보인다. 여기서 살던 옛날 사람들은 저 산과 평야를 바라보고 있었는지도 모른다. 어쩌면 그동 안 지형이 바뀌어 지금 그가 바라보고 있는 풍경은 옛날 과는 다를지도 모른다.

그 청년을 다시 보았다. 처음 본지 2개월 정도 지나서 다. 아직 더위가 남아 있는 날이었다. 청년은 이전의 그 중년 선생에게 지도 받으면서 직각 커브 연습을 하고 있 었다. 그때와 마찬가지로 그의 차는 어색하게 느릿느릿 움직이더니, 경계선용으로 설치된 통나무 봉에 부딪고는 멈춘다. 그때마다 선생은 차를 빼 출발점으로 갖다 준다. 오다큐 전차가 노곤한 소리를 내며 천천히 옆을 지나고, 먼지를 하얗게 뒤집어쓴 풀들이 흔들거린다. 청년도 선 생도 때때로 손수건을 꺼내 얼굴의 땀을 닦는다. 인내가 필요한 연습이다.

무라코시가 보내준 책 속에 「신편 무사시 풍토기」가 들어 있었는데, 그 책에 의하면 그가 살고 있는 주변은 이러했었다.

"동쪽으로는 가타쿠라무라片倉村에, 서쪽으로는 산다 散田, 다카야마高山 두 마을에 접함. 지형은 움푹 들어간

엔도 슈사쿠 단편 선집

형태로 구릉이 많고, 토질은 좋으며, 논은 적고 밭이 많음. 동네 사람들이 전하는 바로는, 옛날에는 성루가 있었고, 그 당시 이 부근은 모두 수렁이었다고 함. 간에이 시대寬永時代까지는 사무라이가 다스리던 영토였는데, 쇼도쿠正德 시대에 이르러 나가사와 보長沢某에게 하사되어 그 후손 나가사와 나오지로長沢直次郎가 다스림."

그 성루는 성이라고 부를 수 있을 정도는 아니다. 전국 시대의 오다와라 호조小田原北条 가문의 외성이다. 이 외성은 오래된 가마쿠라 가도鎌倉街道를 감시하기 위해서 필요했음에 틀림없다.

일요일에 자전거로 거기까지 가보았다. 옛날 우에스기 겐신의 군대가 지나간 가마쿠라 가도도 지금은 자갈이나 흙을 잔뜩 실은 트럭이 줄지어 지나다닌다.

성이라고 하면 누각이 있는 큰 성밖에 모르는 그로서는 가마쿠라 가도 저편에 보이는 작은 언덕과 숲이 성의 유적인 것을 알고는 있었지만, 처음에는 믿을 수가 없었다.

논 사이를 지나 숲으로 다가가자 길은 점차 습해지며 오르막 산길이 된다. 점토질의 지면이라 자칫하면 미끄러지기 때문에 다리에 힘을 주어야 한다. 양측에는 숲 냄새가 퍼지고 있다. 당시의 산성은 전쟁 시에만 사용되었고, 평상시에는 성주도 신하들도 산기슭에 저택이나 집을 가지고 있었던 것이다. 그리고 일단 위급한 경우가 생기면 언덕으로 올라가 대비했다고 책에는 적혀 있었다. 산 중턱에서 숨을 고르며 아래를 내려다보니, 옛날 이 성의 일족들이 살았을 장소는 온통 밭이 되어 있다. 초가지붕의 농가가 점점이 보이는데, 물론 그것은 당시의 것은 아니다. 담홍색을 띤 평야도 그 당시 사람들이 본 풍경과는 달라졌을 것이다. 언덕의 정상까지 올라가자 작은 사당이 있었다. 더럽혀진 붉은 천을 목에 감은 지장보살 석상이 모셔져 있고, 빈 주스 캔이 녹슨 채 그 속에 뒹굴고 있었다. 성은 향수를 느끼게 하는 참호도 석단도 없다. 단지 토성처럼 보이는 것들이 여기저기 남아 있을 뿐이다.

휴식을 취하고 있는데 갑자기 엔진 소리가 들려왔다. 여기서 보이지 않는 맞은편 경사면을 불도저가 깎아내고 있는 것이었다. 불도저는 한 번 앞으로 나아갔다가는 뒤로 물러서고, 물러섰다가는 다시 앞으로 나아간다.

엔도 슈사쿠 단편 선집

그러자 작은 돌과 나무 뿌리가 섞인 흙이 일시에 깎여나간다.

땅은 그가 언젠가 산책했던 언덕과 마찬가지로 갈색이다. '이제 끝이다.'라고 그는 문득 생각한다. 한 달만 지나면 얼마 남지 않은 이 토성도 완전히 사라져버릴 것이다. 여기서 머물며 살던 사람들의 삶은 또다시 작은 흙이 되어, 바람이 강하게 부는 어느 날 여기저기로 날려, 그의 집과 같은 모양의 어느 집 창문에 날아들 것이다.

교습소에 청년의 모습은 보이지 않았다. 운전을 포기했는지, 아니면 면허를 땄는지 알 수 없다. 하지만 소아마비의 몸으로 보행조차 쉽지 않았음에도 불구하고 운전을 배우려고 했던 것은 부득이한 이유가 있어서일까? 아니면 자신의 부자유스러운 몸에 도전하려는 생각에서였을까?

청년이 보이지 않는 교습소에는 인기척이 없다. 이따금 좁은 부지에 금이 그어진 직선 코스에서 아이가 캐치볼을 하고 있다. 아이가 없을 때는 텅 빈 이 교습소 옆을 여전히 오다큐 전차가 노곤한 소리를 내며 지나가고, 하얀 먼지를 뒤집어쓴 풀들이 흔들거린다. 그 광경을 보며

흙먼지

문득 불도저로 완전히 파괴된 벌거숭이 언덕을 떠올린다. 그 교습소와 벌거숭이 언덕이 왜 결부되는지, 그로서는 잘 알 수 없다. 어쩌면 양쪽 다 사람이 없기 때문인지도 모른다.

그런데 어느 날, 그 청년처럼 몸이 부자유스러운 남자가 지도원의 지도를 받으면서 자동차를 운전하는 것을 보았다. 이 남자도 역시 핸들을 잘 조작하지 못한다. 차체는 비틀거리듯 하며 앞으로 나아간다. 중년의 선생은 꾹 참으며 같은 일을 반복하게 한다. 두 사람이 손수건으로 땀을 닦고 있는 것이 이쪽에서도 보인다.

이곳은 초봄에는 특히 바람이 강하다. 하루 종일 쉴 새 없이 그의 집 창이 흔들리는 소리가 난다. 그 노곤한 소리가 싫지는 않다. 그리고 흙먼지는 창에도 벽에도 쌓이고, 그와 아내는 하루에 두 번은 걸레질을 한다.

때때로 흙만 남은 언덕의 경사면에서 작은 회오리바람이 일어나는 것이 여기에서도 보인다. 회오리바람은 50m 정도 갈색의 흙먼지를 일으키고는 사라져버린다. 그러고는 바로 이어서 또 회오리바람이 솟아오른다. 한 군데뿐만이 아니다. 오른쪽에서도 왼쪽에서도 회오리바람

엔도 슈사쿠 단편 선집

이 일어난다. 그리고 때로는 하늘의 한 쪽을 뿌옇게 물들이는 일도 있다.

"먼지만 아니면 만점인데."라고 아내는 말한다.

"공기 좋지, 배기가스 같은 것도 없지."

그는 흔들리는 유리창의 틈새를 입으로 불면서 뿌옇게 흐려진 하늘과 피어오르는 흙먼지를 바라본다. 언제까지고 바라본다.

「季刊芸術」 1967년 여름호에 수록

만약

액운의 나이인 마흔두 살이 되었다. 하지만 나의 경우 6년 전 흉부 수술이라는 큰 수술로 액땜을 미리 했기 때문에 별일 없을 거라고 아내는 말한다.

아침부터 이슬비가 내린다. 지금까지 그래 왔듯이 아홉 시 반부터 점심 때까지 책상에 붙어 앉아 계속 일을 한다. 일 년 전부터 쓰기 시작한 장편도 요즘은 조금 순조롭게 풀리기 시작했다. 오후가 되어 잠깐 휴식을 취하고 있는데, 초등학교에서 돌아온 아들이 나에게 신문지로 싼 것을 건네주었다.

"이거, 선물이에요."

내 생일선물이려니 하고 포장을 열어보니, 아들이 점토로 만든 이상한 모양의 재떨이가 들어 있다. 아들이 재떡이라고 해서 재떡이라고 알고 쓰고 있지만, 처음에는 점토로 만든 둥근 판이라고 생각했다. 그것을 내게 건네주고도 아들은 가만히 서 있다. 요컨대, 대가를 바라고 있는 것이다. 서랍에서 100엔짜리 지폐를 꺼내주며, 만화책이라도 사라고 하자, 중얼중얼 떼를 쓰기 시작했다.

"100엔으로는 못 사요."

이유 없이는 돈을 주지 말라고 아내는 평소에 잔소리를 했지만, 나는 아들을 빨리 서재에서 내보내기 위해 돈을 주어버린다. 내가 그렇게 번번이 당부했건만 아내와 아들은 태연히 내 서재에 발소리를 내며 들어온다. 그러고는 아들은 라이터나 시계를 만지작거리고, 아내는 하수관이 막혔다느니, 고양이가 툇마루 밑에서 새끼를 낳았다느니 이야기해댄다. 그럴 때마다 글쓰는 작업은 멈추게 되는데, 다시 마음을 다잡기까지 고생한다는 것에 그들은 개의치 않는다. 옛날에는 나도 큰소리로 야단을 치거나 했지만, 지금은 체념하고 아무 말도 하지 않는다. 말해도 소용없다는 것을 결혼 생활 11년을 통해 터득했기 때문이다.

밤, 가족과 내 생일을 축하하기 위해 마련된 식탁에

엔도 슈사쿠 단편 선집

앉는다. 생일 축하라고 하지만, 아래층 제과점에서 사온 생일 케이크에 작은 촛불을 켠 정도다. 아내에게서는 반소매 셔츠를 선물 받았다.

"나, 아르바이트 체크 표 만들었어요."라며 아들은 종이를 내 보인다. 거기에는 아르바이트 내용과 액수가 적혀져 있는데, '개를 산책시키는 것- A코스 50엔, B코스 25엔'이라고 적혀 있다. A코스는 B코스보다 거리가 멀기 때문에 액수도 두 배가 된다는 것이다. 우리 부부싸움의 중재 역할도 그의 아르바이트거리였는데 '화가 난 상태이지만, 어쨌든 떼어 놓는다'가 20엔, '양쪽 다 달래서 사이좋게 만든다'가 50엔으로 되어 있다.

"요즘 내 주머니가 비었어요."라며 아들은 어려운 용돈 사정을 이야기해대기 시작한다. 우표 수집을 시작했기 때문에 재정이 어렵다는 것이다.

싸구려 케이크를 먹으면서 나는 문득 이것이 소설가의 가정인가 하고 생각한다. 내가 처음으로 문학책을 읽기 시작했을 무렵, 그 책에 묘사된 소설가의 가정은 여기저기 어두운 그늘을 띠고 있고, 가족들은 주인공인 작가가 만들어내는 그늘 때문에 고통스러워한다. 그런 것이

만약

소설가의 가정이었다. 하지만 나 자신이 소설가가 되고 가정을 가져 보니, 내 가정은 흔히 볼 수 있는 그런 가정이다. 나의 아내는 어디서나 찾아볼 수 있는 평범한 여자고, 아들은 학교에서도 성적이 나쁜 편인 보통의 아이다. 그리고 나는 이 가족을 그다지 행복하게 해주지는 못하지만, 그다지 불행하게 하지도 않는다. 그러한 어중간한 상태로 11년의 세월이 지난 것이다.

"텔레비전 좀 켜요. 자이언트와 한신 전이에요."

"너, 숙제 안 해? 안 했지!"

아내가 잔소리를 늘어놓기 시작한다. 아들이 말대꾸를 한다. 매일, 식사가 끝날 무렵에 되풀이해서 벌어지는 모자간의 언쟁이 또 시작된다. 나는 멍하니 그 소리를 들으면서, 서재 책상 위에 원고용지가 펼쳐져 있다는 것을 떠올린다.

이것이 나의 일상생활이다. 나의 일상생활은 이전에 읽었던, 작가 자신이 주인공이 되어 자신의 일상 체험을 문학적으로 표현하는 사소설私小說 작가와 다르다. 샐러리맨과 거의 차이가 없다. 샐러리맨이 아침에 회사에 출근하여 근무하듯이 아침 아홉 시 반에 서재에 들어가, 샐러

엔도 슈사쿠 단편 선집

리맨이 저녁에 귀가하듯이 저녁 여섯 시 경에 일단 펜을 놓는다. 나는 술은 먹지만 도를 넘는 일은 없고, 아내와 말다툼을 하지만, 그것도 잠깐이다. 다른 소설가도 이런지 어떤지는 잘 모른다. 하지만 나는 아내에게 내 소설을 못 보게 하고, 읽지 못하게 한다. 내가 지금 무엇을 쓰고 있는지, 어떤 일을 구상하는지에 대해서도 말하지 않는다. 아내는 분명히 바깥에서(예를 들면 서점에서) 내 소설을 읽겠지만, 그녀가 조용히 있는 이상 나도 모른 체한다. 나는 자기 아내에게 본인의 작품을 보여주는 사람의 심리를 알 수가 없다. 우리 부부 사이에 내가 그렇게 한 적은 한 번도 없다.

나의 이러한 생활 태도는 가능한 한 다른 사람의 인생에 흔적을 남기지 않으려는 마음에서다. A라는 사람이 B라는 사람의 인생을 스쳐 갔기에, B의 인생이 다른 방향으로 휘어버리는 일이 있다. 나 때문에 다른 사람 인생의 방향이 바뀌는 경우가 그것이다. 그런 것을 생각하면 왠지 모르게 두려워진다. 그리스도교 신자인 나는 이전에 그것을 '죄'라고 생각하여, 다른 사람의 인생에 흔적을 남기지 않으려 했다. 혹시 어쩔 수 없이 다른 사람의 인생에 흔적을 남겨야 한다면, 그것은 내 가족만으로 족하다. 이런 생각을 가지고 있기 때문에 나는 오늘날까지 파국을 겪는 사소설 작가들을 흉내 내지 못하는지 모른다.

3년간의 유학 생활을 마치고 일본으로 돌아왔을 때, 나는 지금의 아내를 소개받았다. 장녀이며, 조심스럽고, 배꽃처럼 눈에 띄지 않는 이 여자는 내 마음을 끌지는 못했다. 그녀도 그때 결핵을 앓던 나 같은 남자와 결혼하리라고는 꿈에도 생각하지 못했을 것이다. 그런데 어째서 결혼한 것일까.

사람이란 백화점 식당에서 우연히 옆자리에 앉았을 정도의 인연으로 결혼하는 거라고, 친구인 Y가 언젠가 어디에 썼지만, 나도 지금은 그렇게 생각한다. 하지만 나는 이 '우연'에서, 그 우연을 만들어내는 어떤 큰 힘을 느낀다. 무엇이 그 우연을 만들었을까. 거기에는 눈에 보이지 않는 힘이 작용하고 있지 않았을까, 하고 나는 생각하게 된다.

그즈음 큰어머니나 작은어머니로부터 혼담이 계속 들어오고 있었지만, 나는 그것이 아버지 형제들이 주선

하는 것이라는 이유로 거절하고 있었다. 그 이유는 20년 전에 어머니와 헤어진 아버지에 대해 오랫동안 증오심을 갖고 있었기 때문이다. 그렇기 때문에 겉으로는 순종하는 듯하면서, 실제로는 아버지 말을 듣지 않기로 마음먹고 있었다. 나는 아버지의 형제들이 주선하는 혼담을 받아들이는 것이 죽은 어머니를 배신하는 행위라고 생각했다. 이런 내 속마음을 드러내지 않기 위해서 나는 서둘러 약혼자를 정해 두어야 했다.

"제게는 결혼을 약속한 여자가 있습니다."라고 하면, 그들로부터 들어온 혼담은 거절할 수 있기 때문이다.

여자 친구라고는 없었던 나는 그때, 배꽃처럼 별로 눈에 띄지 않았던 지금의 아내를 생각했다. 그러고는 오로지 아버지와 친지들로부터의 혼담을 피하기 위해 그녀에게 접근했다. 아내는 아내대로 사정이 있었다. 그즈음 그녀는 자신이 다니고 있던 대학의 조교를 은근히 좋아하고 있었다. 그러나 상대방은 그녀를 여학생 중 하나로 생각할 뿐인 데다가, 평범한 여자인 그녀로서는 자신이 먼저 좋아하는 마음을 털어놓을 수 없었던 것이다. 정확히 말하자면, 실연한 것이다. 그때 내가 접근했고, 우리는 서로의 본심을 감추기 위해 약혼했던 것이다.

쓸데없는 이야기다. 삼류소설거리도 되지 못할 그런 평범한 인연으로 우리는 서로의 인생에 중요한 결정을 해 버린 것이다. 하지만 지금에 와서 나는 잘 했다고 생각하며, 아내와의 이혼은 꿈에도 생각해 본 적이 없다.

그러나 내 마음을 지배하는 것은 다른 데 있다. '만약 내게 아버지를 미워하는 마음, 돌아가신 어머니를 그리워하는 마음이 없었더라면' 나는 아내와 결혼은 물론, 교제도 하지 않았을 것이다. 마찬가지로 아내도, '만약 그 조교에게 무시당하는 아픔을 겪지 않았더라면' 우리는 수돗가에서 물을 마시고 운동장 왼쪽과 오른쪽으로 갈라져 가는 두 명의 초등학생과 같은 관계밖에는 맺지 못했을 것이다.

하지만 이 '만약'이 없었기 때문에 우리는 결혼하여 지금껏 사는 것이다. 우리 인생에서 이 우연을 빚어내고 있는 존재는 도대체 무엇일까. 우연은 정말로 단순한 우연에 지나지 않는 것일까.

나는 생일 케이크를 먹으면서, 아이를 꾸짖고 있는 아내의 얼굴을 바라보았다. 이 여자가 나의 인생에 개입

되고, 내가 이 여자의 인생에 개입된 사건들은 모두 이 '만약'에 의한 것일까, 하고 생각해 본다.

만약 그렇다고 한다면, 산다는 것은 역시 신비로운 것이다. 나는 지금까지, 그때 내가 어떤 마음으로 결혼하자고 했는지 아내에게 이야기한 적이 없다. 내 결혼 제의를 받아들인 아내의 마음을 파악하고는 있었지만, 아내는 그것을 자신의 입으로 말한 적이 없다. 나는 아내에게 내 소설을 읽지 못하게 하고, 아내도 몰래 읽었다 하더라도 아닌 척하고 있다.

그에 대한 이야기를 하자. 그는 내 대학 시절 후배다. 내가 그를 알게 된 것은 나와 같은 병원에서 같은 수술을 받았기 때문이다. 그다지 친한 사이는 아니었으며, 퇴원한 후에 회복한 사람들의 모임인 '지퍼회(우리의 등에는 수술 흔적이 마치 지퍼 자국처럼 남아 있기 때문에 모임 명칭을 그렇게 붙였던 것이다)'에서 이따금 얼굴을 마주치는 정도였다.

"프랑스 사람 좀 소개해 주세요."

어느 날 그가 갑자기 나의 집에 찾아와 부탁을 했다.

이야기인즉, 프랑스어 회화를 배우고 싶다는 것이었다. 그 이야기를 들으니, S제약 연구소에 근무하던 그가 병원에 입원하고 있을 때도 자주 스페인어 독학 서적 같은 것을 침대에 펼쳐 놓고 공부하고 있었던 것이 생각났다. 외국어 배우는 것을 좋아하는 듯했다.

"글쎄, 프랑스인이라 해도 가르칠 줄 알아야겠지?"

나는 머리를 갸웃거리며 그의 얼굴을 쳐다보았다. 체격은 볼품없지만, 그는 성실 그 자체라고 할 만큼 착실한 젊은이였다. 병실에서 다른 환자가 여자 이야기나 야한 농담을 해도 거의 반응을 보이지 않아, 모두가 다소 경원시해 버리는 고지식한 사람이었다.

"그분, 어때요?"라고 아내가 말을 건넸다.

"성 모니카 회의 모닛크라는 사람⋯⋯."

성 모니카 회는 후추시府中市에 있는 여자 수도회로, 이곳의 수녀님들은 검고 더워 보이는 수도복을 입는 수도회와는 달리, 일반 사람들처럼 평상복을 입고 외부로 나가서 병원 간호사나 교사와 같은 일을 하거나, 공동 생활을 하고 있는 자신들의 거처에서 일본인에게 외국어를 가르친다. 그러나 일이 끝나면 다른 수도회의 수녀와 마

엔도 슈사쿠 단편 선집

찬가지로 엄격한 일과를 지킨다. 물론 평생 결혼은 하지 않는다. 그녀들의 말을 빌리자면, '그리스도와 결혼했기 때문에' 평생 정결과 청빈의 생활을 하는 것이다.

내가 이 수도회를 알게 된 것은 그곳에 모이는 일본인 남녀들을 위해 강연을 해달라는 부탁을 받으면서였다. 솔직히 이야기하면, 나는 이러한 강연에 원래 서투르다. 그러나 그때 내가 쓰고 있는 장편소설이 그리스도교 신자들 사이에서 이런저런 논란거리가 되고 있었기 때문에 내 입장을 확실히 하기 위해서 기꺼이 승낙했던 것이다.

어느 무더운 여름날, 후추 역府中駅 출구에서 마중 나온 독일 출신의 크라우스 수녀님을 만났는데, 우람한 체격을 가진 그녀의 차림새가 시대에 뒤떨어진 수도복이 아니라, 수수하지만 일반인이 입는 평상복 차림인 것을 보고 다소 놀랐다. 내가 놀라는 것을 보자 그녀는 미소지으며 자신이 속한 수도회의 설립 취지를 오쿠니타마 신사大国魂神社를 가로질러 걸으면서 능숙한 일본말로 설명해 주었다. 그녀의 설명에 의하면, 옛날 수도자들은 고립되어 조용한 수도원 속에서 살아야 했지만, 이제는 그

러한 세상이 아니라는 것이었다. 일반 사람들과 함께 일
하며, 일반 사람들처럼 손을 더럽히면서, 이 사회 안에서
자신의 신앙을 실천하는 것이 그녀가 속한 수도회의 목
적이라고 말했다. 일요일이라서 후추 역 앞에는 노점이
늘어서 있었고, 그 가운데는 풍선이나 솜사탕을 파는 가
게도 끼어 있어, 마치 축제 때처럼 손님을 끌어모으고 있
었다.

크라우스 수녀가 속한 수도회는 일본 가옥이 늘어선
주택가 가운데 있었다. 음식점이었던 곳을 수도회가 사
용하고 있는 것이 왠지 이상하게 느껴졌다. 다다미방에
의자와 책상이 놓여 있었고, 강연이 끝난 뒤 평상복 차림
의 크라우스 수녀와 모닉크 수녀는 내게 시원한 홍차와
과자를 내 주었다.

독일 출신인 크라우스 수녀님은 뼈대가 굵고 몸집이
큰 아줌마와 같은 인상을 준 반면, 벨기에 출신인 모닉크
수녀님은 아무리 봐도 시골 처녀 같은 인상을 풍겼다. 시
골 처녀라고 하면 실례일지 모르겠지만, 나는 유학 시절,
프랑스의 시골이나 벨기에의 농촌에서 모닉크 수녀님을
닮은 얼굴을 종종 보았다. 시골 잡화점 같은 데서 담배

를 사려고 문에 설치된 벨을 '찌릉찌릉' 울리면, 썰렁하
고 어두운 가게 안쪽에서 모닉크 수녀님처럼 생긴 여성
이 "무슈-"* 하고 나타나곤 했었다. 뭐라고 놀리면 즉시
얼굴을 붉히고, 소심한 듯한 미소를 띠는 농촌의 젊은 여
성을 떠올리며, 나는 모닉크 수녀님도 이전에는 그러했
으리라고 상상해 보았다.

"그거 괜찮겠네요. 모닉크 수녀님에게 부탁해 보죠.
벨기에서 태어났지만 벨기에도 불어를 쓰니까요."

나는 아내의 생각에 감탄하며 바로 전화를 했다. 전
화를 받은 것은 크라우스 수녀님이었다.

"모닉크, 지금 외출 중이에요. 하지만 물어보겠습니
다. 바로 연락드리죠."

크라우스 수녀님의 일본어 실력은 일본인과 구별할
수 없을 정도로 유창했는데, 동료의 이름을 막 부르는
것과 '바로'라는 말을 '빠로'라고 발음하는 것이 재미있
었다.

---

* 역주 – 무슈(monsieur): 프랑스어로 의역하면 '부르셨습니까, 손님?'이라
는 뜻이다.

"물어보겠다는군. 잘 되겠지?"

나는 아내와 그를 돌아보며 고개를 끄덕였다.

"잘 될 거예요."

생각한 대로 잘 되었다. 모닉크 수녀님이 그에게 불어 회화를 가르쳐 주기로 한 것이다.

그 후, 그 수도회와는 별로 접촉하지 않았지만, 성실하고 예의 바른 크라우스 수녀님은 부활절이나 크리스마스가 되면 반드시 예쁜 카드를 보내 주었다.

"식사라도 한 번 함께하자고 할까?"

우리 부부는 이따금 그런 이야기를 했지만, 한 번도 실천에 옮기지 못했다. 그러다가 그해 여름, 생각이 나서 그녀에게 전화를 걸어 아사쿠사浅草의 꽈리 장터에 가 보자고 권했다.

크라우스 수녀님은 모닉크 수녀님과 함께 약속한 장소로 나왔다. 경내에 있는 상점도, 관음보살상 앞 공터에 갈대밭처럼 쭉 늘어선 노점도, 그녀들로서는 처음 보는 광경이었다. 유카타를 입고 금붕어 낚시를 하고 있는 어린아이들도 처음이었다. 꽈리 화분에 매달려 밤바람에 흔들리는 수많은 풍경 소리를 듣는 것도 처음이었다.

엔도 슈사쿠 단편 선집

우리 부부는 두 사람에게 방울벌레 모양의 초롱을 사 주고, 경내의 작은 가게에서 팥빙수를 대접했다. 크라우스 수녀님은 흥분하여 가지고 온 카메라로 여기저기를 찍었지만, 모닉크 수녀님은 약간 기운이 없어 보였다. 이유를 묻자, 작년부터 가벼운 류머티즘에 걸려 다리가 조금 아프다는 것이었다.

"그럼, 여기서 잠깐 쉬세요."

붉은 양탄자가 깔린 툇마루에다 나와 모닉크 수녀님을 남겨 두고, 아내는 크라우스 수녀님과 아들을 데리고 사라졌다. 나는 모닉크 수녀에게 그녀의 고향에 대해 이것저것 물어보았다. 내가 예상한 대로, 그녀는 벨기에의 도시가 아니라 루뱅에서 그리 멀지 않은 농촌에서 자랐고, 부친은 그 동네에서 잡화점을 하고 있다고 했다. 그녀의 이야기를 들으면서 나는 시골의 작은 잡화점을 떠올려 본다. 벨 소리가 나는 문을 열면, 안쪽이 어둡고 썰렁한, 벽 주위에 잔뜩 식료품이라든가 여성 속옷, 그리고 자전거 부품마저 갖춘 가게. 그 어스름한 안쪽의 낡은 금전등록기 앞에 앉아 있는 촌티 나는 아가씨. 아마 이것이 모닉크 수녀님이 성 모니카 수도회에 들어가기 전의 모습일 것이다. 그녀는 매일 아침 다른 사람보다 일찍 일어나 동네 교회에 미사 참례를 하러 가고, 일요일 저녁에는 저녁 기도를 빼놓지 않았다. 그리고 어느 날 신부에게 자신의 중대한 결심을 상담하러 간다. 그 결심은 오래전부터 그녀의 작은 가슴 속에 싹튼 것으로, 황혼 녘의 목장이나 밀밭을 걸으면서 여러모로 생각했음에 틀림없다.

"일본에 오리라고 생각지도 못했겠지요?"

"네."

그녀는 스푼으로 팥빙수를 뜨면서 부끄러운 듯이 끄덕였다.

"전, 아마 북아프리카로 갈 거라고 생각했었어요. 그런데 수도회에 들어와 일본에 오는 것으로 정해졌을 때, 조금 놀랐어요."

그녀의 일본어로는 일본에 온 지 얼마나 되었는지 알수가 없다. 수도회에 들어가 바로 일본으로 오게끔 정해졌는지, 아니면 얼마 있다가 결정되었는지 알 수가 없다. 신자이긴 하지만, 속인인 나로서는 어떤 과정을 겪어 수도자로 일생을 보낼 결심을 하게 되는지, 막연하게 상상할 수 있을 뿐이다. 내가 알고 있는 어떤 일본인 수녀님은 두 시간 만에 그런 결심을 했다고 하는데, 하긴 그런 일도 있을 것이다. 자신의 결혼을 대충 결정한 나와 같은 남자로서는 그것이 이치적으로는 이해가 돼도, 아직은 실감할 수 없다. 그러나 나는 그것을 여자가 한 남자와 결혼하는 마음으로 바꿔서 생각해 보려고 한다. 수녀가 된다는 것은, 결국 '그리스도와 결혼한다'는 것이기 때문이다.

"그런데 제가 소개한 S군은 어떻습니까?"

"예. 열심히 배우고 있어요."

모닛크 수녀는 갑자기 여교사가 부형에게 아이의 성적을 설명하는 듯한 표정으로 말했다.

"아주 성실하게 배우고 있습니다."

우리 앞으로 엄마가 사준 주마등走馬燈을 든 아이와 엄마가 지나갔다. 주마등의 하얀 종이에 그려진 빨강, 보랏빛 문양이 시원스레 빙빙 돌고 있다. 모닛크 수녀는 약간 놀라 하며, 호기심 어린 눈으로 그것을 바라보았다.

두 사람을 신주쿠新宿 역까지 배웅한 후에 나와 아내는 택시를 타고 집으로 돌아왔다. 아들은 곤충 모양 초롱을 꼭 쥔 채 아내의 어깨에 기대어 잠들어 있었다.

"훌륭한 분들이네요."

아내는 감탄하고 있었다.

"부모 형제와 헤어져 낯선 땅에서 일생을 보내잖
아요."

"그런 결단을 내리는 게 쉽지는 않았을 텐데."

아내는 손가락을 볼에 대고 뭔가를 생각했다. 그녀도
나처럼 크라우스 수녀님과 모닉크 수녀님의 결심을 자신
의 결혼 동기와 비교해 보고 있었는지도 모른다. 그러나
나는 아무 말도 하지 않았다. 내 소설을 그녀에게 감추
듯, 묵묵히 있었다.

그리고 나서 크라우스 수녀님과는 연락이 끊어졌다.
겨울이 시작될 즈음, 오랜만에 신주쿠의 장어 요리집
2층에서 지퍼 모임을 가졌다. 이번에는 '입원했을 때 많
이도 다뤘던 간호사를 초대했으니 기대하라'고 쓰인 엽
서가 온 것이다.

함께 수술을 받았던 사이는 소위 옛 전우와 같은 느
낌이 들게 마련이다. 나는 함께 병원에 있었던 사람 중에
서, 한 사람은 결혼 중매를 했고, 한 사람은 취직도 시켜
주었다. 동료가 결혼이나 취직을 할 수 있을 정도로 건강

하게 되었다는 것은 동시에 자신의 회복을 증명하는 것이기도 했다.

장어 요리집의 가파른 계단을 올라가자 낯익은 얼굴 7, 8명이 둥글게 둘러앉아 있었고, 그 가운데에는 옛날과는 다른 모습의, 상냥한 얼굴을 한 주임 간호사가 앉아 있었다.

"당신, 꽤나 힘들게 했어요."

"내가 아니에요. 무단 외출을 상습적으로 한 사람은 쓰네무라 씨예요."

그런 이야기와 웃음소리가 그치지 않고 이어졌다. 나는 모닉크 수녀에게 소개한 그가 언제쯤 올까 하고 기다렸지만, 그는 끝날 때까지도 모습을 드러내지 않았다.

"그와 만난 사람 있어?"

"아니. 전혀 만나지 못했는데. 무소식이야. 모임 안내장을 보냈지만 답장이 없어."

"주소가 바뀐 건 아닐까?"

그러고는 다들, 입원하고 있을 때 사람들과 잘 사귀지도 않고 해서 좀 어려웠던 사람이라고, 그에 대해서 이야기하기 시작했다. 늘 어려운 어학 서적 같은 것을 읽고 있었으며, 도무지 가까이하기가 어려웠다는 이야기에 모두 고개를 끄덕였다. 그렇지만 바둑은 의외로 고수였다고, 간사 역을 맡은 이가 말했다.

"그런데 어째서 우리는 그런 병에 걸렸는지 모르겠어. 다른 사람들은 괜찮은데 말이야."

"그건, 어느 날 전차나 영화관에서 우연히 당신 옆에 중증의 결핵 환자가 앉아 있었기 때문이에요."

주임 간호사는 정말인지 거짓인지 알 수 없는 이야기를 했다.

"그 사람 옆에 있지 않았다면, 그 병을 앓지 않았을지도 몰라요."

"만약 그놈을 찾아내면 그냥 놔두지 않을 거야. 내 몸을 이렇게 만들다니."

"그러나 결국은 마찬가지야. 병에 걸릴 놈은 걸리고, 걸리지 않을 놈은 안 걸려."

그런 이야기를 들으면서 나는 다시 '만약'이라는 것을 생각했다. 만약 그 누군가가 옆에 앉아 있지 않았다고 한다면, 나도 늑골을 몇 개나 자르는 수술을 받지 않았을지도 모른다. 게다가 그 사람은 자신 때문에 다른 사람이

엔도 슈사쿠 단편 선집

병에 걸린 것을 평생 모를 것이다.

크리스마스에 크라우스 수녀님에게서 카드와 우표를 받았다. 카드는 일본제로, 산타클로스가 썰매를 타고 눈 덮인 벌판을 달리는 그림이 그려져 있었다. 크리스마스 다음 날에는 아들을 위해서 독일, 프랑스, 그리고 이탈리아의 우표를 보내주었다. 답례를 하기 위해 2, 3일이 지나 전화를 걸었다. 전화를 받은 크라우스 수녀와 잠시 이야기를 한 후에 모닉크 수녀님도 잘 있는지 묻자, 뜻밖의 이야기를 했다. 그 이야기를 듣고 뭐라고 해야 할지 몰라 잠깐 묵묵히 있었다.

"어쩔 수…… 없지요. 정말로."

크라우스 수녀로서도 그 이상 뭐라고 할 수 없었을 것이다.

수화기를 놓고 다실로 돌아와 나는 살그머니 아내의 얼굴을 살폈다. 방금 들은 이야기를 그녀에게 해야 할지 말아야 할지 생각해 보았지만, 아들과 함께 텔레비전을 보고 있는 그녀에게 이야기할 마음이 생기지 않았다. 감추고 있어도 언젠가는 알겠지만, 지금은 전해 줄 필요가 없다고 생각했다.

"크라우스 수녀님, 건강하시대요?"

텔레비전에 시선을 둔 채 아내는 물었다.

"응."

"모닉크 수녀님은요?"

나는 고개를 끄덕이고 2층의 서재로 올라갔다. 문을
닫자 혼자가 된다. 이 혼자만의 공간에서 방금 들은 크라
우스 수녀님의 말을 생각해 보고 싶었다.

"모닉크는 나갔습니다."

나는 놀라 물었다.

"나가다니요? 어디서 말입니까?"

"우리 수도회에서요."

"왜요?"

"모닉크는 결혼했어요."

"누구하고요?"

그러자 크라우스 수녀는 그의 이름을 댔다. 그 순간
나의 가슴 속에 아사쿠사에서 팥빙수를 먹으며 일본 아
이를 가만히 바라보고 있던 모닉크 수녀의 얼굴이 떠올
랐다.

"어쩔 수…… 없지요. 정말로."라는 그녀의 말에서

나는 크라우스 수녀와 그 수도회가 이 사건으로 인해 받은 고통과 상처를 느꼈다. 어제까지 자신들의 동료였던 수녀를 비난하지는 않았지만, 그 목소리에는 슬픔이 묻어 있었다. 평생 독신으로 살겠다고, '그리스도와 결혼한다'고 맹세했던 동료가 그 맹세를 깨고 수도회를 나갔다. 그것은 수도회로서는 결코 기쁜 일, 축복할 수 있는 일은 아닐 것이다.

모닛크 수녀는 서약을 깼다. 아마 그러기까지는 '성모니카회'에 들어갈 때와 마찬가지로 대단한 결심이 필요했을지도 모른다. 어제까지 손을 잡고 같은 신념과 신앙으로 살아온 동료들을 버릴 만큼 그는 매력이 있었던 걸까? 그는 그녀가 '결혼한' 그리스도보다도 매력이 있었던 것일까? 그리고 그리스도는 그녀의 결혼을 꾸짖고 있을까? 만약 모닛크 수녀가 결혼 생활에서 수도회에 있을 때보다 더 많은 인간적인 고통이나 슬픔을 맛본다고 한다면, 그래도 그리스도는 꾸짖을까?

만약 내가 그를 모닛크에게 소개하지 않았다면, 그녀는 평생 크라우스 수녀와 같은 길을 걸어갔을지도 모른다. 만약 그때 내가 그의 부탁을 들어주지 않았더라면 이런 사태는 벌어지지 않았을지도 모른다. 마치 어느 날, 양성 결핵환자가 전차나 영화관에서 내 옆에 있지 않았더라면, 그 고통스러운 수술을 받지 않았을지도 모르는 것과 마찬가지다.

"어쩔 수…… 없지요. 정말로."

나는 크라우스 수녀의 말을 그대로 따라해 보았다. 따라해 보았지만, 이해가 가지는 않았다. 한 사람이 다른 사람의 인생을 스쳐 지나간다. 만일 스쳐 지나가지 않았더라면 그 사람의 인생 항로는 지금과 달라졌을지도 모른다. 그것을 알아채지 못한 채 우리는 매일매일 살아가고 있다. 사람들이 우연이라고 말하는 이 '만약'의 배후에는 뭔가가 있는 것은 아닐까. '만약'을 은밀히 창조하고 있는 존재가 있지 않을까? 그러나 나로서는 아직 그것을 알 수 없다. 그것에 대해 쓴 책을 읽은 적조차 없다. 아래층에서 아내가 나를 부른다. 자라고 해도 자지 않는 아들을 야단쳐 달라고 한다.

「文学界」 1967년 7월호에 수록

역자 후기

　30년 전, 엔도 슈사쿠遠藤周作의 『침묵』과 처음 만났다. 그 후부터 나는 엔도 작품의 독자가 되었고, 독자에서 시작된 열정은 엔도문학 연구자의 길로 이끌었다. 그리고 문학과 종교의 화두를 갖게 했다. 그 화두는 세월과 함께 '종교 문학'이란 광활한 벌판으로 나를 내몰았으며, 그것이 내 생애의 테마가 되었다.

　지금 나는 '종교 문학'이란 광야에서 나름의 씨를 뿌리며 그 길을 가고 있다. 어쩌면, 이 번역서도 그 과정의 산물이며 신앙 고백이다.

　『엔도 슈사쿠 단편 선집』은 『바다와 독약』, 『예수의 생애』, 『그리스도의 탄생』, 『내가 버린 여자』, 『신의 아이(백색인) 신들의 아이(황색인)』 다음으로 출간하는 나의 여섯 번째 엔도 슈사쿠 번역서다. 지금까지의 번역서 후기에는 엔도문학 연구자로서 작품의 접근 방법 및 작품 분석에 관한 내용을 기록하였다. 그러나 이 단편집에서는 그러한 해설이 필요하지 않다. 왜냐하면, 본서에 수록된 작품들이 엔도 슈사쿠의 자전적 소설이기 때문이다.

30년 전, 『침묵』을 읽고 나서 엔도의 작품뿐만이 아니라, 그의 인간적 면모와 작품을 탄생시킨 근저를 작가론으로 분석하게 되었는데, 그 지침서가 된 것이 바로 이 단편들이었다. 그러므로 그 과정을 거치며 접하게 된 작품들을 이번에 한국의 독자에게 소개하게 된 것이므로 작품 해석은 생략하기로 한다.

지금까지 한국에는 엔도의 중편이나 장편이 많이 번역되었으나, 정작 작가 엔도와 인간 엔도에 접근하는 자료들은 없었다. 그렇기 때문에 엔도의 유년시절, 성장 과정, 어머니와의 관계, 세례를 받은 배경, 가톨릭 작가로서의 삶, 투병 생활 등 작가 자신의 언어와 자전적 독백이라 할 수 있는 단편들을 모았다. 왜냐하면 단편에 나오는 과정들을 통해 엔도의 문학은 성장했기 때문이다. 따라서 이 단편들의 대부분은 그 자체가 작가 엔도를 설명하는 작품이 될 것이다.

여섯 번째 번역서가 나오게 되어 감사하다. 1996년, 엔도가 후추시府中市의 가톨릭 묘지에 안치될 때, 그의 유언에 따라 『침묵』과 『깊은 강』이 함께 묻혔다. 엔도의 그 마음처럼, 내 무덤에 이 번역서와 함께 묻히고 싶다는 마음으로 나는 이 작품들을 번역했다. 그러므로 이 책이 한국의 독자들과 만날 수 있게 된 것 만으로도 기쁘고 감사하다.

한 여름 작업실을 제공해 주신 박경리 토지문화관과 도움을 준 남편, 그리고 어문학사 관계자분들께 감사의 뜻을 전하고 싶다.

2015년 봄, 백양관 S401호에서
역자 이평춘

엔도 슈사쿠 단편 선집

초판 1쇄 발행일 2015년 6월 17일

지은이 엔도 슈사쿠
옮긴이 이평춘
펴낸이 박영희
책임편집 유태선
편집 배정옥
디자인 김미령·박희경
인쇄·제본 태광인쇄
펴낸곳 도서출판 어문학사
　　　　서울특별시 도봉구 쌍문동 523-21 나너울 카운티 1층
　　　　대표전화: 02-998-0094/편집부1: 02-998-2267, 편집부2: 02-998-2269
　　　　홈페이지: www.amhbook.com
　　　　트위터: @with_amhbook
　　　　페이스북: https://www.facebook.com/amhbook
　　　　블로그: 네이버 http://blog.naver.com/amhbook
　　　　다음 http://blog.daum.net/amhbook
　　　　e-mail: am@amhbook.com
　　　　등록: 2004년 4월 6일 제7-276호

ISBN 978-89-6184-374-4 03830
정가 13,000원

이 도서의 국립중앙도서관 출판예정도서목록(CIP)은 e-CIP홈페이지(http://www.nl.go.kr/ecip)와
국가자료공동목록시스템(http://www.nl.go.kr/kolisnet)에서 이용하실 수 있습니다.
(CIP제어번호: CIP2015014502)